D0775977

LE PARADOXE
D'ANDERSON

PASCAL MANOUKIAN

LE PARADOXE
D'ANDERSON

roman

ÉDITIONS DU SEUIL
25, bd Romain-Rolland, Paris XIVᵉ

ISBN 978-2-02-140243-8

© Éditions du Seuil, août 2018

www.seuil.com

À mon père, ouvrier gaulliste,
à ses années chez Renault.

À ma mère, ouvrière à 13 ans.

Aux communistes,
qui m'ont fait découvrir les vacances.

PROLÉTAIRES : Citoyens de la plus basse classe, dont les enfants sont la seule richesse.

Août

Aline maudit l'alignement désordonné des Caddie serpentant jusqu'aux caisses. On dirait une colonne de chenilles processionnaires dévorant les rayons. Dans ses jambes, elle sent encore les vibrations des tricoteuses. Même éteintes, les machines continuent à la torturer, une douleur fantôme, des heures supplémentaires après la fermeture, « l'offrande aux patrons », disent les ouvrières.

Un instant elle ferme les yeux et s'imagine que c'est le roulis du ferry pour la Corse. Christophe, son mari, a juré de l'y emmener un jour. Il y fait, lui assure-t-il, aussi chaud que devant les fours où il transforme le sable en verre. Le soleil remplace alors les néons. Elle peut presque sentir la mer, la vraie, la bleue, pas celle du Tréport.

L'annonce d'une promotion sur le poisson la ramène à terre. Elle a encore choisi la mauvaise file. À l'autre bout du serpentin métallique des chariots, le tapis roulant s'est arrêté, le dos rond, encombré de produits premiers prix. Devant la caisse, telle une baleine échouée, il lui semble reconnaître Sandra, sa petite Lucie ventousée à son gros ventre. Elles ont partagé une machine chez Wooly il y a longtemps.

Les années ont épaissi sa silhouette. Le chômage et les acides gras saturés, sans doute. Aline se rassure aussitôt en cherchant son reflet dans la grande baie vitrée. Pas trop mal pour la quarantaine. Si on oublie quelques vergetures, souvenirs de ses deux grossesses, c'est un bilan à la Georges Marchais de son enfance, plutôt globalement positif. Mais dans l'Oise de Beauvais et des friches industrielles, les communistes ont disparu depuis longtemps, emportant avec eux le travail et les tailles fines. Désormais, plus on se serre la ceinture et plus on grossit.

Magali, la caissière, maudit Sandra et la gamine accrochée à ses bourrelets. C'est la cinquième depuis ce matin à bloquer sa file en recomptant ses pièces jaunes.

Dans la queue, personne ne crâne. Tout le monde a peur, un jour aussi, de ne plus pouvoir y arriver. Le mois dernier, Louis, un vigile, s'est fait renvoyer pour avoir laissé une employée sortir sans avoir payé un paquet de serviettes hygiéniques à 4,40 euros. L'écart de salaire entre ceux qui vendent et ceux qui volent est devenu si ténu qu'il faut surveiller tout le monde.

Aline aussi est inquiète. Cette semaine chez Wooly, trois fois les machines se sont arrêtées, faute de commandes. Ce n'est pas le moment pourtant, cette année

Léa, sa grande, passe le bac. Si tout va bien, l'été prochain elle s'inscrit à la fac et dans trois ans elle est licenciée. C'est drôle, remarque-t-elle en regardant Sandra additionner les centimes, comme un même mot peut susciter l'espoir et son contraire. Les chenilles piétinent. Elle va être en retard pour faire réviser Léa.

Elle fait signe à Lucie. La gamine, étonnée, remonte le convoi des Caddie, un petit poney rose mal coiffé à la main.

– C'est la petite souris qui me l'a amené.

Il lui manque deux dents devant.

– Moi, je voulais une télévision, ajoute-t-elle, on en a plus.

Aline lui tend 10 euros.

– Tiens, va donner ça à ta maman.

Lucie file retrouver sa baleine.

La caissière soupire mais prend l'argent. Sandra remercie Aline d'un regard désespéré et disparaît vers le parking comme elle a déjà depuis longtemps disparu de la vie.

Aline jette un coup d'œil à sa montre. Elle a encore le temps de s'arrêter à la pépinière pour essayer d'apercevoir les chevreuils.

Leur maison au fond du vallon borde une rue étroite. C'est la dernière du village, ensuite la voie se transforme en un chemin de terre et file entre les haies de frênes et d'églantines jusqu'au lavoir dont elle porte le nom. D'un côté, une prairie grimpe à la lisière d'un bois de chênes ; de grosses normandes noir et blanc aux pis rose pâle y broutent du printemps à la fin de l'été. De l'autre s'étire une rivière en pente légère, les berges plates, plantées d'un saule centenaire ébouriffé : l'arbre à Tarzan.

La commune compte une vingtaine d'enfants, plus de filles que de garçons, dont des triplées, mais pas d'école. Pas de café non plus. De l'activité des années 70 où l'on pouvait boire un verre à la terrasse de l'épicerie-tabac et payer en francs à la sortie de la messe quand le curé se déplaçait le dimanche, il ne reste que les fermes, cinq au total, toutes laitières. Dans l'une d'elles, les vaches ne voient jamais le jour ; la traite, le fourrage, le nettoyage des étables : tout est automatisé. Dans une autre, elles paissent dans les prés, sales et crottées, à l'image de leurs propriétaires qui se soulagent encore sur un tas de fumier dressé au milieu d'une cour aux murs hauts et aux portes toujours fermées.

Essaimcourt a la beauté de ces arbres presque morts, chaque feuille est un miracle et vient apporter sa tache de vie là où celle-ci a presque disparu.

Aline y a organisé la perfection autour d'elle, son chef-d'œuvre, son *Déjeuner* à la Monet, pas celui sur l'herbe, l'autre, à l'ombrelle oubliée sur le banc d'une maison d'Argenteuil, pas très loin de l'Oise, celle de l'époque où les usines crachaient encore leurs fumées vers Pontoise et où l'on guinchait le dimanche à Nogent. Tout y est parfait. L'ancienne ferme aux murs de briques incrustés de colombages, les massifs d'hortensias bleus, blancs, rouges, le craquelé du torchis des murs de la grange, l'allée de gravillons gris et la pyrotechnie du jardin. Une toile de maître, dont elle est la maîtresse. Des années de mise en scène méticuleuse de son bonheur avec, disséminés dans le tableau, Christophe, Léa et Mathis, ses sources de lumière. Sans celles-ci, sa vie ne serait qu'un trompe-l'œil, un aplat, une fausse joie.

Allongée sous l'arbre à Tarzan, Léa regarde sa mère rentrer la voiture dans la cour. L'air est trop doux pour réviser, elle referme son livre à la page du paradoxe d'Anderson. Il sera toujours temps demain.

Son frère, pendu à une corde accrochée à la branche la plus basse du saule, vole au-dessus de la rivière.

– Fais attention, Mathis !

C'est chaque fois pareil, sa mère le voit déjà mort. Lui n'a encore décelé aucune de ses fragilités. Chacune de ses envolées le libère de ce corps trop frêle pour jouer avec les garçons du village. Il rit, décolle, frôle l'eau fraîche du bout de ses talons, résiste à la douleur de ses muscles, donne un dernier coup de reins et atterrit à quelques centimètres des annales du Bac, arrachant le soleil aux paupières de sa sœur.

– Tu es chiant, Mathis ! Va plutôt aider maman !

Son entrée dans l'atmosphère est toujours brutale.

Quelques gouttes d'eau roulent sur la couverture du Bordas. *Sciences économiques et sociales. Programme de 1re et de T^{ale} ES.*

13

Pourquoi organise-t-on les examens en été? se demande Léa. Ce serait tellement plus facile de réviser l'automne et de plancher l'hiver, quand le corps est au repos, quand les hormones sommeillent, qu'elles n'irritent pas tous ces capteurs exacerbés. On respecte bien le rythme biologique des autres espèces, pourquoi méprise-t-on la plus fragile, celle des jeunes gens en pleine poussée de vie, électriques, à la limite du court-circuit?

Mathis et sa mère disparaissent dans la maison.

Léa aussi rêve de disparaître, loin des briques rouges et de l'arbre à Tarzan. C'est pour ça qu'elle s'accroche aux livres, pour faire de son mieux un jour, ailleurs que dans la rue du Lavoir, en Afrique peut-être ou en Asie, là où s'envolent les machines des usines de la région, laissant les hangars vides de bruit et les ouvriers les mains pleines de gestes qui ne servent plus à rien. Elle rêve d'aider le monde à changer, d'en arrondir les angles afin qu'il ne blesse plus personne.

La nuit, elle égrène son chapelet d'horizons et s'endort en imaginant leur décor: Macao, Sydney, Pondichéry, Tbilissi, Lagos, Oulan-Bator, Vientiane. Le lendemain, elle se réveille incapable de se rappeler lequel l'a finalement emportée loin du lavoir.

D'autres fois, elle monte jusqu'à la lisière du bois aux Allemands, escalade le blockhaus de béton gris rongé de lierre, allume une cigarette et perd son regard au loin. La route de la plaine prend alors des allures de Grande

Muraille de Chine et le jaune des blés au soleil rasant la grâce des dunes du Sahara. Il lui semble soudain apercevoir les moutonnements de l'Amazonie lécher les pieds des gratte-ciel de Shanghai, mais ce n'est que la forêt du Beau Chêne qui vient mourir au pied des HLM de Beauvais.

Dans ce bois, des jeunes de son âge ont arrêté les Allemands. Leurs noms sont gravés en lettres d'or sur le monument aux morts. Des étudiants, des paysans, des fonctionnaires.

Léon, son arrière-grand-père maternel, a fait partie de l'assaut. Il en avait gardé la balafre d'un coup de baïonnette au poignet et un reste de défiance dans le regard. Léa se souvient de sa moustache et du marteau croisé d'une faucille à la boutonnière de son costume les jours de sonnerie aux morts.

Le soir, il montait la coucher en lui chantant tout bas *L'Internationale*. Au café-tabac, tout le monde le surnommait « Staline », à cause de ses colères rouges chaque fois que quelqu'un s'en prenait aux ouvriers.

Léa aimait son odeur de Gitanes et ses gestes désarticulés. Il posait son verre sur le comptoir et moulinait des bras, taillant des costards aux patrons, à leurs valets et au grand capital. Il tonnait des mots inconnus, derrière lesquels elle courait, les répétant cent fois dans sa tête sur le chemin du retour pour demander à sa mère de les lui expliquer : révolution, prolétariat, lutte des classes, social-traître. « Tu ne peux pas lui apprendre

15

autre chose ? » lui reprochait Aline. « Pour les conneries, elle a la télé », marmonnait Staline en mettant le couvert. Son père, un homme de la terre, l'avait appelé Léon en l'honneur de Blum et, à 20 ans, il avait épousé la fille d'un encarté de sa cellule prénommée Louise, comme la Michel de la Commune.

Léon racontait à Léa la Grande Dépression des années 30, les carences en vitamines de son enfance, les premières vacances à Dieppe en 36, son enrôlement à l'âge de 15 ans dans la résistance communiste, la grenade jetée dans le blockhaus et les six jeunes Allemands, à peine plus âgés que lui, brûlés vifs. « Ce ne sont pas des choses pour une gamine de 7 ans ! » s'emportait Aline. « Ce n'étaient pas non plus des choses pour un gamin de 15 », lui rétorquait Staline. « Et tu crois que ça leur a fait mal, aux Allemands ? » demandait Léa. Un jour, pour voir, elle lui avait volé son briquet et s'était brûlée à l'endroit exact où la baïonnette lui avait transpercé le poignet. Depuis, ils portaient tous les deux la même cicatrice.

Mais le fait d'armes de Léon, resté célèbre dans l'histoire du village, il le devait à l'arrivée du *Jeu des mille francs* à Clergeons, un jour de juin 1973, à l'époque où la radio s'intéressait encore aux campagnes. À 55 ans, Lucien Jeunesse, l'animateur, portait encore bien son nom.

Devant le chapiteau de France Inter installé sur la place de l'Église, une dizaine de candidats se pliaient nerveusement aux épreuves de sélection. Léon l'avait emporté haut la main en donnant coup sur coup le nom de la capitale du Botswana, l'altitude exacte du mont McKinley et, plus surprenant, la date de la première parution du catalogue de la Manufacture de Saint-Étienne.

Son courage au bois des Allemands lui avait valu d'être intégré, sans passer par le concours, au tri postal de Beauvais, où, en plus des avantages de la fonction publique, son élection immédiate comme délégué CGT lui laissait le temps de rattraper un cursus scolaire interrompu au certificat d'études. Il s'y employait en apprenant par cœur quelques-unes des six cent cinquante pages d'un *Quid* trouvé parmi les colis non réclamés et dont officieusement, après un an et un jour, les postiers étaient autorisés à disposer.

Ce jour-là, exceptionnellement, l'émission avait eu lieu en direct, tout Clergeons attendait d'être mis à l'honneur. Sur scène, Léon était assisté de son équipier, M. Bisschop, libraire de son état. Devant eux, au premier rang, le maire gaulliste dans son troisième mandat, le capitaine de gendarmerie fraîchement débarqué au nom prédestiné de Menotte, tous les commerçants, y compris la veuve Tanzer, reine du boudin noir, puis, un rang plus loin, les pensionnaires encore étanches de la maison de retraite et les trente-cinq élèves du collège agricole. Au fond, sur quelques bancs en bois, ceux des habitants qui avaient obtenu leur sésame en raison de leur accointance avec l'équipe municipale, et bien sûr Louise, la femme de Staline, et quelques camarades imposés parmi ce parterre de suppôts du capitalisme. Accompagnant Lucien Jeunesse, un assistant égrenait en direct le temps imparti pour chaque réponse en frappant avec un maillet sur un glockenspiel, un carillon de lames métalliques.

Léon avait répondu six fois correctement avant même que le carillonneur ait fini de suspendre le temps, puis à la question de Lucien Jeunesse : « Quel champignon de la famille des *Strophariaceae* à fortes propriétés hallucinogènes pousse sur la bouse des vaches ? », il avait lancé sans hésiter : « Le psilocybe », remporté le Banco haut la main et décidé de tenter le Super.

« Attention, pour 1 000 francs, une question de Mme Tosi, de Balan, dans les Ardennes : Quel homme politique français, engagé à 15 ans, sera quelques années plus tard déchu de sa nationalité française et condamné à mort ? » lui avait demandé Lucien Jeunesse.

Cette fois, son coéquipier avait été plus rapide.

« De Gaulle », avait-il murmuré à l'oreille de Léon.

Staline s'était étouffé.

« Jamais de la vie !

– Si, lui avait assuré Bisschop, qui connaissait son Général par cœur.

– Alors qu'ils aillent se faire voir avec leur Super Banco ! »

Le carillonneur, imperturbable, égrenait ses secondes métalliques.

« Quoi ! s'était étonné le libraire.

– Fais ce que tu veux, moi, je ne participe pas à la propagande de cette radio de droite. »

Pendant ce temps l'animateur avait meublé :

« J'ai entendu dire, chers auditeurs, que Léon s'était lui-même courageusement engagé à l'âge de 15 ans. »

Les trois dernières notes de carillon avaient marqué la fin du temps imparti.

« Alors, avait repris Lucien Jeunesse, pour 1 000 francs, Léon, vous nous dites ?... »

Staline avait mouliné des bras, ce qui n'était jamais bon signe.

« Je vous dis "merde" ! avait-il éructé, au nom de tous les travailleurs de ce pays qui chaque jour subissent la politique réactionnaire des héritiers d'un général qui se fout pas mal de la classe ouvrière ! »

Le carillonneur en avait gardé son maillet en l'air.

« Et j'ajoute "merde" à tous ceux qui le représentent ici », avait encore précisé Staline en regardant le maire et son équipe droit dans les yeux.

Du fond de la salle, Louise avait bien reconnu là son têtu d'encarté.

Léon avait pris bien soin de ne jamais prononcer le nom du général en question pour ne pas valider sa réponse.

« Et, puisque j'ai toujours le micro, j'adresse un autre "merde" immense à tout le gouvernement de la part des camarades de ce pays. »

Devant, le rang gaulliste restait sans voix, assommé.

Le carillonneur avait repris ses frappes pour couvrir le brouhaha des réactions, les unes amusées, les autres offusquées.

Lucien Jeunesse, désespéré, roulait des yeux à la recherche d'un soutien.

Le maire, conscient du déshonneur qui venait de s'abattre pour des siècles et des siècles sur sa bonne ville de Clergeons, s'était levé d'un bond malgré sa corpulence et avait tenté d'arracher le micro à son administré. Peine perdue : Léon l'avait envoyé rouler sur le glockenspiel.

Dans une dernière tentative pour mettre fin au putsch, le commandant Menotte avait ordonné à deux gendarmes de le faire taire. En représailles, les camarades de Staline avaient bondi comme un seul homme sur le conseil municipal. Louise, qui n'était pas en reste, avait bâillonné Lucien Jeunesse de ses deux mains et, pour la première fois, la France entière avait entendu résonner *L'Internationale* sur les ondes de la radio du général de Gaulle. Malheureusement pour l'Histoire, la direction, sur ordre direct du ministre de l'Information, avait fait effacer toute trace de l'affront dans des archives.

Léa sourit en pensant à son arrière-grand-père. Ses baisers rugueux lui manquent.

Il était mort à 85 ans, quatorze années après sa naissance, à l'endroit même où France Inter avait dressé son
chapiteau, emporté par une crise cardiaque en voulant
en découdre avec un militant du Front national qui lui
tendait un tract. Ses derniers mots avaient été « Va te
faire foutre ! », ce qui avait fait dire à Louise, devant sa
tombe et sa famille, qu'il était mort comme il avait vécu,
sans mâcher ses mots. « Alors va te faire foutre aussi,
mon amour », avait-elle conclu en jetant sa poignée de
terre. Puis la mère Michel, comme il aimait l'appeler,
n'avait plus jamais rien ajouté et était morte à son tour le
5 mars de la même année, le jour anniversaire de la
disparition du vrai Staline.

Au loin, deux chevreuils traversent avec élégance la
Muraille de Chine.

Léa allume une cigarette, baisse sa culotte, tire une
dernière taffe la tête penchée entre ses cuisses et, en
mémoire de son arrière-grand-père, pisse sur le graffiti
à la gloire de la « France Bleu Marine » tracée à la peinture blanche sur le béton du blockhaus.

Autour d'Essaimcourt, aucun village n'a résisté. Une
seconde Occupation, sans chars ni Gestapo. Les mêmes
qui avaient combattu se sont rendus, ont capitulé, ont
levé les bras. Les drapeaux bleu-blanc-rouge déployés à
l'époque de Léon pour affirmer la résistance au néant le
sont aujourd'hui pour symboliser son acceptation. C'est
une reddition. Cette fois, l'ennemi vient de l'intérieur.
Les slogans de haine endeuillent les murs des usines,

souhaitent la mort d'Arabes là où on n'en croise aucun. Chaque voyage en car scolaire désespère Léa. Elle regarde défiler cette France recroquevillée où les frontistes, comme des dealers, refilent leurs saloperies et leurs idées mortifères. Les villages comptent de plus en plus d'accros. Les permanences du parti sont autant de salles de shoot, où à l'abri des murs et des slogans on autorise ce qui est interdit : la haine de l'autre, le racisme, le négationnisme. Le plus noir de l'homme est repeint en bleu marine, un camouflage grossier. On n'est plus facho mais patriote, plus raciste mais pour la préférence nationale, plus antisémite mais contre les forces de l'argent. Le père a fait sa fortune en détournant l'héritage d'un cimentier, sa fille s'en sert pour dresser des murs. Chaque village conquis s'isole du reste du monde, s'entoure de remparts comme au Moyen Âge. Ils sont déjà des centaines à avoir choisi cet enfermement volontaire. Léa, elle, ne rêve que d'enjamber des ponts.

Mathis est de nouveau pendu à sa corde, sa sœur s'est replongée dans le paradoxe d'Anderson. Tant pis pour les hormones, il faut bosser, Phnom Penh ou Niamey se gagnent aujourd'hui. Aline est descendue au lavoir planter quelques bulbes de lys de Guernesey et observe son chef-d'œuvre de loin. Les enfants, la maison, le jardin, elle a l'impression d'être à l'exposition de sa propre vie.

C'est exactement le bonheur qu'elle avait imaginé ce soir de bal, place Jeanne-Hachette à Beauvais.

Christophe lui avait pris la main pour l'emmener sur la piste. Il faisait un temps de Méditerranée dans l'Oise, en ce mois de juin 1993. Elle avait soif d'idéal, de vie en rose. Un pas, puis deux, et il lui avait attrapé la taille. Elle avait senti l'amarre de ses bras l'ancrer à ce qu'elle espérait de mieux depuis qu'elle regardait les garçons. Rien ne pourrait plus la faire dériver, nulle part. Les fragilités, les doutes de ses 20 ans flottaient comme du bois mort aux pieds de la chaise où trônait son sac à main de jeune fille, échoué.

Sur ses escabeaux en l'air, comme chantait Souchon, elle savait qu'une seule chose tournait sur terre pour lui à ce moment précis, sa robe légère. Il avait collé son corps mince contre le sien et fait fondre ses dernières résistances. La chaleur de leurs deux bassins avait terminé de les souder l'un à l'autre.

La chanson de Souchon s'était arrêtée en même temps que leur baiser. « Comment t'appelles-tu ? » lui avait-il demandé. « Aline. » Il avait éclaté de rire. « Je m'appelle Christophe. »

Elle s'était aussitôt souvenue de la colère de Staline lorsqu'il avait appris le prénom de sa petite-fille – lui avait choisi d'appeler son fils Jean en l'honneur de Jaurès. « Pourquoi Aline ? » avait demandé Staline. « Parce qu'on s'est rencontrés sur la chanson, papa. – La chanson ? » Il n'en connaissait qu'une, *L'Internationale*. Jean s'était risqué à une démonstration : « "Et j'ai crié, crié-é : Aline ! pour qu'elle revienne. Et j'ai pleuré, pleuré-

23

é, oh ! j'avais trop de peine." – Ridicule ! s'était gaussé
Staline en haussant les épaules. Appeler sa fille d'après
un tube de l'été ! » Lui était de la génération de tous les
combats ; son fils Jean, de celle du Club Med, alors natu-
rellement il avait choisi un prénom à la une de *Salut les
copains*.

Bientôt leur faire-part de mariage aurait des allures de
pochette de 45-tours. Ça faisait sourire Aline. Mais il leur
avait encore fallu attendre un an. Tous deux venaient
d'entrer à l'usine, Aline comme ouvrière à la chaîne chez
Wooly et Christophe aux fours chez Univerre. Un premier contrat pour elle, le second pour lui après des mois
à installer des systèmes d'alarme dans les supérettes de
la région. Deux CDI flambant neufs, de quoi envisager
l'avenir, des enfants et des crédits, de partir sur les plages
de La Grande-Motte et peut-être même de pousser
jusqu'à celles de Tunisie.

En cet été 1993 rien ne pouvait gâcher leur bonheur,
pas même Édouard Balladur. Discrètement, juste avant
les grands départs en vacances, le Premier ministre
venait de s'attaquer à l'âge de la retraite. Aline et
Christophe posaient à peine le genou sur la ligne de
départ de leur vie professionnelle qu'Édouard reculait
déjà celle de l'arrivée.

Un autre sujet à éviter avec Staline était l'usine
Univerre. Laurent, le père de Christophe, agriculteur,
avait vendu ses terres aux bâtisseurs des ateliers où son
futur gendre venait d'être embauché. Une trahison de

classe pour Léon. « La terre reste mais les usines partent ! » hurlait-il en moulinant des bras.

L'histoire envenimait chacun de leurs dimanches. Laurent et sa femme, Jeanne, les coudes solidement ancrés à la table, affrontaient les bourrasques de Staline, solidaires. Ils l'avaient été toute leur vie. En bataillant contre les banques, les sécheresses, les inondations, l'effondrement des cours du blé, du lait et les maladies, toujours levés avant le soleil, toujours couchés après lui, sans jamais se plaindre, mais en pleurant souvent. Jusqu'au jour où ils avaient dû se résoudre à vendre dix hectares idéalement placés en bord de route pour sauver leur maison des huissiers, et eux-mêmes de la honte.

Mais Staline n'en démordait pas. Tout s'arrachait de haute lutte. La vie n'était qu'un rapport de force : 1789, 1917, 1945, 1968. Abdiquer, c'était accepter la servilité. Il s'étouffait. « Vous la connaissez cette terre, bon sang ! Vous l'avez travaillée durement. Elle est belle, grasse, généreuse. Ils vont lui arracher les entrailles, la castrer, la rendre stérile, la bétonner. Elle vous a toujours nourris. Les usines, elles, ne poussent qu'une fois et n'engraissent que ceux qui les possèdent. »

Puis, un lundi de Pâques, Léon avait mouliné une dernière fois des bras, prononcé son « Allez vous faire foutre ! » sans appel et plus jamais Jeanne et Laurent ne l'avaient revu.

Aline plante encore un bulbe, puis plonge ses mains pleines de terre dans le bassin du lavoir. Au fond, entre deux pierres fendues, l'eau moutonne en minuscules bouillons. L'abri de bois et d'ardoise est construit juste au-dessus d'une source. Depuis toujours les habitants accordent à son eau le pouvoir de protéger les nouveau-nés des maladies et les jeunes filles de la stérilité. Les mères y laissent tremper les bonnets de laine dont elles coifferont les enfants après les avoir fait sécher dans de la cendre de bois de poirier. Les mariées de l'année viennent au printemps y plonger un épi de blé avec lequel elles s'éclaboussent discrètement l'entrecuisse, en faisant trois fois le vœu d'être enceintes.

Aline se souvient des nuits où elle a cueilli les siens.

Le premier pour Léa, un jour d'éclipse totale. Avec Christophe, ils étaient montés tous les deux s'allonger dans la pâture du haut. Le soleil a glissé sous la lune, sa jupe sur ses hanches, et au moment où les deux astres se sont chevauchés il a fait disparaître son corps sous le sien. Elle a su aussitôt que Léa allait arriver, solaire et mystérieuse.

Pour Mathis, elle a dû mal s'y prendre, aller trop vite, choisir un épi malingre, s'asperger insuffisamment le haut des cuisses. Il est né vulnérable, mais personne ne sait de quoi. Parfois l'air lui manque, sa peau devient translucide, ses pupilles s'éteignent, son corps perd toute consistance. Il quitte alors brusquement le monde, sans un cri, de longues minutes, tressautant, en apnée, ses yeux blancs suppliant qu'on le sauve du siphon de cette maladie sans nom, de cette épouvante, dont lui seul connaît le mystère et la douleur, et dont il revient chaque fois terrorisé, mais sans l'ombre d'un souvenir, muet pour la médecine.

Ça peut le prendre n'importe quand, l'emporter loin d'elle, puis le redéposer, avec la soudaineté d'une tornade, parfois trois jours de suite, sans raison, sans prévenir, et disparaître pendant des mois avant de l'aspirer à nouveau. Longtemps, Aline a noté sur ses carnets de croquis les circonstances de ses éclipses soudaines pour en chercher la logique. Elle n'en a trouvé aucune, les spécialistes non plus. Aucun nom à mettre sur l'ennemi ; un attentat de la nature non revendiqué, une « maladie inconnue », se sont contentés de conclure les médecins. Un qualificatif aussi inutile que celui du soldat de l'Arc de Triomphe, qui ne console ni les familles des victimes ni celles des disparus. Mais la médecine n'en a pas d'autres à proposer, et, puisque Mathis revient chaque fois de ses échappées sans séquelles particulières, Aline doit s'en contenter et veiller sur lui comme on veille sur la flamme du soldat, en espérant que jamais elle ne s'éteigne. Depuis, elle ne note plus rien, ne se torture plus à vouloir comprendre, mais elle le couve des yeux, tout le temps, se promettant d'être là pour lui jusqu'à ce que l'on trouve un nom à cette carie sur son bonheur.

Elle aurait aimé, à la façon de Bonnard, corriger cette imperfection, qu'elle disparaisse de son œuvre. Plusieurs fois des gardiens de musée avaient surpris le peintre, pinceau à la main, reprenant un détail sur une de ses toiles ; il arrivait même au maître de se rendre chez des collectionneurs pour leur demander la permission de réaliser une retouche. La veille de sa mort, il avait supplié son neveu d'aller parfaire *L'Amandier en fleurs*, sa dernière œuvre, encore humide, en ajoutant une pointe de jaune au vert de l'herbe. Aline rêvait de « bonnardiser » la fragilité de Mathis, d'y rajouter du souffle et de la force, d'en adoucir les lignes. Elle était allée admirer l'amandier au musée d'Orsay. De l'imperfection il ne restait presque rien, juste un bout manquant de la signature du peintre que le neveu avait par mégarde recouvert de jaune. Mais Bonnard n'était plus là pour s'inquiéter de ce défaut. Un jour, elle non plus ne serait plus là pour s'inquiéter des fragilités de Mathis. Cet après-midi-là, en quittant le musée, elle s'était acheté un carnet de croquis et des mines de plomb à la boutique. Depuis, elle s'arrêtait chaque soir au milieu de la plaine.

De la route en haut du village, Christophe peut voir chaque crochet d'ardoise d'Essaimcourt briller au soleil. Ils ondulent comme un banc de sardines, se décalent par milliers dans un ensemble parfait, synchronisé au rythme des imperfections du goudron. On dirait une sortie d'usine quand il existait encore des bancs d'ouvriers.

« Tiens ! De quelle région du monde la sardine tire-t-elle son nom ? » Christophe hésite. « Non, trop facile. »

28

Passé le dernier virage on découvre l'arbre à Tarzan. Il se tord le cou pour essayer d'apercevoir Mathis à travers une haie de ronces trouée par le passage de sangliers. « Plutôt : Comment appelle-t-on la couche des marcassins ? »

Depuis le suicide de Staline au Super Banco, Christophe inondait la production de questions. Une fois, Lucien Jeunesse en avait repris une : « Question de M. Boîtier, d'Essaimcourt, dans l'Oise. » La cantine de l'usine s'était tue. « Comment appelle-t-on la maladie rare qui consiste à ne pas avoir d'empreintes digitales ? » Le glockenspiel avait entamé le suspens. Tout l'atelier priait, même les délégués CGT. « Alors ? » avait demandé Lucien Jeunesse. Silence. « C'est l'adermatoglyphie ! La question rapporte 100 francs à M. Boîtier. » Les ouvriers avaient explosé de fierté. Damien, de l'atelier emballage, avait proposé d'aller acheter une bouteille chez Simply, mais le contremaître avait remis de l'ordre et dispersé l'assemblée d'un rappel au règlement intérieur.

Christophe rejoint le chef-d'œuvre de sa femme. Il ne manquait plus que lui. Aline égoutte une salade devant la fenêtre de la cuisine, les seins moulés dans un débardeur bleu lagon aux bretelles brodées de pacotilles. Elle a dû s'offrir des soldes.

Sous l'arbre à Tarzan, Léa lui envoie un baiser. Elle est belle, on dirait sa mère au bal de la place Jeanne-Hachette. Mathis court déjà vers la voiture. C'est pour ce tableau qu'il s'esquinte le dos. Ses douleurs disparaissent déjà.

– Tu veux voir combien j'arrive à faire de ricochets, papa ?

Il l'embrasse.

– Pas tout de suite, mon chéri. Va t'entraîner, je me change et je te rejoins.

Mathis est déjà reparti.

Christophe se glisse derrière Aline et l'embrasse dans le cou.

– C'est quoi, ça, c'est pour moi ?

– Quoi ?

Elle fait semblant de ne pas comprendre.

Il caresse ses seins. Elle se dégage sans conviction.

– Je ne sais pas, on verra.

Ses doigts glissent sous le débardeur bleu lagon. La peau douce et fraîche de sa femme le repose de la chaleur du verre.

– Arrête ! proteste-t-elle encore plus mollement.

Il continue.

– Non, ce n'est pas sérieux, je dois aider Léa à réviser.

Avant, ils ne trouvaient jamais rien de mieux à faire.

– Ça ne peut pas attendre ? C'est quoi ?

– De l'économie. Le paradoxe de... je ne sais plus.

– Tu sais ce que c'est, le paradoxe ? C'est de t'habiller comme ça et de refuser d'éteindre l'incendie.

Elle sourit et lui rend un baiser en se contorsionnant.

Elle aime qu'il l'aime comme elle est, jeune mais plus tout à fait, blonde sans l'être vraiment, moderne mais pour la région seulement. Avec de l'argent, elle pourrait être belle. Sans, elle est juste ordinaire. « Ce n'est déjà pas mal », se répète-t-elle tout le temps.

Elle fait encore la blague, toute huilée sur sa chaise longue au milieu du jardin, ou le 14 Juillet sous le grand barnum bleu loué par la mairie, quand l'orchestre entame Téléphone et qu'elle danse pieds nus sur l'herbe, sa bière à la main, les cheveux dans les yeux, ondulante comme un pied de lin. « Je rêvais d'un autre monde », lui murmure Jean-Louis Aubert. « À chacun son public, lui répond-elle sans jalousie, tout le monde ne peut pas être Shakira. »

Les mains de Christophe descendent sur son faux jean Guess pour une deuxième tentative.

– Chéri, pas maintenant...

– Quoi ! insiste-t-il. Ce ne sont pas les voisins qui vont nous déranger.

En face, les volets sont clos depuis plus d'une année. Personne n'a rien vu venir. Une charrette en plein mois de juin, la veille des vacances. Trente licenciements secs. La direction a prévenu les employés par un SMS groupé. Élise, la voisine, et Jérôme, son mari, faisaient partie de la liste. Huit mois après, un huissier vidait leur maison et posait des scellés. Trop de dettes. À 45 ans, retour chez leurs parents. Depuis, une pancarte annonce les enchères à la bougie. Les mèches sont allumées une par une, trois en tout, à l'extinction de la troisième la maison changera de main. C'est comme ça que les vies partent en fumée aujourd'hui.

En attendant, Aline doit vivre avec une ombre à son tableau, cette tache en face de son bonheur, un nuage devant son soleil.

Septembre

Les premiers temps, rien n'avait changé sauf la vue. La maison abandonnée des voisins ressemblait à un tableau d'Alfred Sisley, jardin hirsute, toit fatigué, volets fermés. On aurait dit qu'Aline avait dérobé la toile pour l'accrocher à la fenêtre de sa cuisine. Cette demeure froide, sans rires ni feu de cheminée, campait devant chez elle, la boîte aux lettres étouffée de recommandés.

D'un côté, elle surlignait sa chance et son bonheur; de l'autre, elle en pointait toute la fragilité. Elle lui rappelait les stèles improvisées sur les bas-côtés des routes qui gâchaient son plaisir de conduire. Un avertissement. La fracture sociale pouvait l'engloutir à tout moment, pareille à ces folies construites en bord de falaises érodées par les tempêtes et les vents.

Christophe emporte Mathis dans sa chambre. L'enfant flotte dans ses bras, ses cheveux blonds dans le vide.

Léa pique du nez sur ses annales.

– Va te coucher, ma grande, on révisera demain.

La chaleur rosit ses joues, elle a l'air d'avoir 12 ans. Aline cherche dans ses souvenirs. C'était l'été 2010, les vacances, une location à l'île d'Oléron, la période pot de colle. Léa grimpait encore sur ses genoux, quémandait des câlins, portait des minishorts sans attenter à la pudeur. Et puis un jour, patatras, le premier garçon, trois petits tours de scooter et puis s'en vont les « je t'aime », les « mamine », l'« amour chiot » à se renifler.

Elles s'aiment toujours autant, mais sans l'instinct, les odeurs, la promiscuité. Aline doit se contenter d'un baiser le matin et d'un second le soir, rapide, efficace, mécanique. Les « Hugh ! » ont remplacé les câlins, les « À tout à l'heure ! » les étreintes, et il faut une mauvaise angine ou un gros chagrin pour que Léa se pelotonne contre son ventre et l'embaume du parfum de ses cheveux. Désormais, sa fille tourbillonne seule sans lui tenir la main.

– Tu sais qui a acheté la maison ? marmonne-t-elle en montant l'escalier.

Aline n'en sait rien, ni personne, d'ailleurs.

– J'espère qu'ils ont des enfants.

Elle veut dire des ados. Des êtres vivants de son âge, avec les mêmes préoccupations, les mêmes courts-circuits. Le village en manque.

– J'espère… Dors bien, ma chérie. C'est promis, demain on s'occupe d'Anderson.

– Quoi ? bougonne Léa.

– Le paradoxe, chérie, demain, promis.

Léa avance les yeux à moitié fermés.
– Ah oui… Anderson… Bonne nuit, maman.

L'acheteur ne s'était pas déplacé, il avait enchéri par téléphone pour ne rien connaître des malheureux, responsables de son bonheur. Aussi lâche qu'un licenciement par SMS. La maison avait été bradée. À peine de quoi rembourser le crédit et les dettes. Une opération blanche, aussi blessante qu'une arme, une déchirure, quarante ans engloutis, s'effondrant comme un pan de banquise. Élise, la voisine, avait perdu connaissance, en vrai et au figuré. Elle s'était évanouie et tout le monde l'avait évitée, dans la crainte de devoir lui venir en aide. Une vie entière vendue à perte. Un détroussage organisé en toute légalité par les banques et l'État pour se rembourser, dépeçant des familles, des garages, des boulangeries, des ateliers, des fermes, des épiceries. Même l'huissier, maître Gaston, se sentait mal à l'aise. Il connaissait la plupart des dépouillés. Beaucoup de ceux dont il saisissait les meubles et les salaires étaient d'anciens camarades de classe. Pas des fainéants ; des travailleurs. Il les avait vus se battre, enchaîner les heures et les métiers, s'arracher les mains à monter les murs de leur maison, trébucher, se relever, une fois, deux fois, puis retrouver leur souffle, perdre pied à nouveau, se reprendre, toucher la berge, s'en sortir de justesse, disparaître encore et se laisser définitivement emporter. Souvent il avait fermé les yeux, aménagé des échéanciers, retardé l'envoi de recommandés, sans jamais en sauver un seul. Une vague en précédait une autre, elles s'enchaînaient, de plus en plus rapprochées : chômage technique, plans sociaux, délocalisations, faillites. Aucune rustine n'y pouvait rien, le bocal se vidait de ses commerces et de ses employés, inexorablement, après s'être vidé de ses usines et de ses ouvriers.

Les livres de Léa appelaient ça « la destruction créatrice », Aline lui avait fait réviser le chapitre. En théorie, y apprenait-on, l'innovation inventait perpétuellement de nouveaux emplois qui, en s'imposant, détruisaient les anciens ; à terme, le solde entre postes créés et postes supprimés était censé devenir positif. La France, par exemple, avait remplacé ses paysans par des ouvriers, puis ses ouvriers par des employés de service ; aujourd'hui, elle remplaçait ces derniers par des travailleurs du numérique. Pour que le système fonctionne, il fallait accepter une marge d'erreur, une « casse marginale », car tous les salariés ne se révélaient pas interchangeables, d'autant qu'on oubliait d'anticiper les grands changements technologiques et de former les hommes aux métiers qui viendraient percuter les leurs – difficile alors de passer d'un atelier de fabrication de chaussettes à la programmation d'un site internet. Ainsi, chaque révolution se faisait au prix du sacrifice d'un quota de travailleurs inadaptés.

Dans les livres de Léa, Aline reconnaissait Sandra, Élise, Jérôme et toutes les victimes collatérales de ces promesses immenses, les poinçonneurs du métro, les caissières, les contrôleuses de qualité, les développeurs de photos de vacances, les projectionnistes, les mineurs de fond, les standardistes, engloutis eux aussi par pans entiers, comme la banquise. Le chapitre se concluait sur deux chiffres : 45 % des métiers proposés actuellement n'existeraient plus dans vingt ans ou seraient automatisés – emportés aussi, les chauffeurs, les serveurs, les assistantes, les secrétaires – et 60 % des métiers de demain n'existaient pas encore, un gouffre vers lequel progressait une génération.

Le chapitre s'intitulait : « Quatrième révolution industrielle, l'intelligence artificielle. »

« C'est bien, l'avait félicitée Aline en lui rendant ses fiches, tu le connais par cœur. Et qu'est-ce que tu en penses ?

– De quoi ?

– De la "casse marginale".

– Et toi ? avait botté en touche Léa.

– Je trouve qu'ils devraient accorder plus d'attention aux expressions qu'ils inventent, s'était emportée Aline. On parle de gens, tout de même, pas d'œufs ! »

Elle avait du sang de Staline dans les veines.

« Tu sais ce qu'en disait Victor Hugo ? »

Elle aimait entendre sa fille citer des auteurs.

« Non, avait-elle dit, curieuse.

– Que le progrès est une roue à double engrenage : elle fait avancer les choses en écrasant des gens.

– Eh bien c'est mieux dit, mais c'est quand même dégueulasse. »

L'huissier, maître Gaston, commençait lui aussi à trouver ça dégueulasse. Il ne se rendait plus aux communions ni aux mariages, de peur d'être le témoin de bonheurs qu'il lui faudrait un jour détricoter. Il souffrait du blues du bourreau, ne supportait plus les pendus. Il passait la majeure partie de sa vie sur le front à faire les poches des victimes. La classe ouvrière, si bien croquée au siècle dernier dans les guinguettes des bords de Marne, n'existerait bientôt plus qu'encadrée sur les murs de nos musées, comme le cerf de Schomburgk, le tigre de Sumatra, le bandicoot du désert australien ou le dodo de l'île Maurice ne vivaient plus qu'enfermés derrière les vitrines de la Grande Galerie de l'Évolution.

La nuit a mouillé les hortensias d'une première rosée d'automne. Mathis lève paresseusement la tête de son bol de café au lait. Dehors, un homme en veste bleue tourne autour de la maison d'en face. Il en mesure la façade, note chaque hauteur de mur, chaque largeur de fenêtre.

– Bonjour ! lui chante Aline en ouvrant la fenêtre. Vous êtes notre nouveau voisin ?

L'homme détourne le regard de son carnet.

– Moi parler pas, hache-t-il, intimidé, en roulant les « r ».

Mathis expédie son café au lait.

– Maman, c'est lui qui a acheté ?

Léa enchaîne aussitôt :

– Demande-lui s'il a des ados.

Aline referme le tableau. Elle a tout de suite remarqué ses mains.

– Non, il est là pour les travaux.

Mathis ne tient pas en place.

– Ils vont construire une piscine ?

Léa plonge deux doigts dans son lait, s'en barbouille le visage, se renverse sur sa chaise et prend la pose les bras derrière la tête, le visage tordu d'une mimique de plaisir.

– Cool… On se mettra de la crème et on ira bronzer chez eux.

Elle en rêve. Construire un bassin en face de la grange, là où le soleil vient griller l'herbe en été. Depuis deux ans elle saoule son père avec cette idée. Christophe chaque fois fait le calcul, mais même en la creusant de ses mains c'est au-dessus de leurs moyens. Aline, elle, ne s'embarrasse de rien. « Si vous voulez vous laver les fesses au champagne, répète-t-elle, donnez-vous-en les moyens. Nous, on s'est arrêtés au brevet, c'est pour ça qu'on se contente de l'eau du robinet, et c'est déjà pas mal. » Fermez le ban.

Quelques rosées plus tard, un bataillon d'ouvriers débarque dans des camions chargés d'ardoises. Le plus jeune doit avoir 65 ans. Christophe leur porte du café.

Les hommes, la charpente, leur tente piquée dans le jardin, les pommes de terre, le papier toilette, tout vient de Pologne.

À peine le temps d'apprendre à Mathis comment dire «Bonjour» et la troupe est remplacée par des Moldaves et les huisseries de la maison par des fenêtres *made in Romania*. Contrairement aux Polonais, les nouveaux parlent le français et dorment à l'intérieur de la maison sur des matelas chinois.

– Ce sont des travailleurs détachés, explique Léa, le prof nous en a parlé.

Aline a entendu Cindy, la déléguée CGT, dénoncer leur situation à la cantine. Les affiches du Front en font aussi mention.

Une pluie fine se met à tomber. Elle les regarde se tremper loin de chez eux. «Détachés de leurs familles et de leurs enfants, surtout», se dit-elle.

En face, la maison de Sisley prend des allures de manoir normand, transformant lentement la leur en Sagrada Família, belle mais inachevée. De ravalement en travaux de peinture, la fracture sociale change de trottoir.

Mathis s'agite comme un torrent toute la nuit. Au matin il a ce teint transparent des jours de bascule. Aline le sent partir dans une de ses échappées dont il revient toujours hagard et plus fragile. Christophe a embauché à

5 heures ; Léa a pris le car scolaire. Elle appelle sa mère et l'usine pour prévenir de son retard.

Devant l'ancienne maison d'Élise et de Jérôme, des livreurs déchargent d'énormes cartons.

Aline prend la route de la plaine. À l'arrière, Mathis souffle sur la vitre et torture la buée du bout de ses doigts. À la radio, deux éditorialistes s'étripent sur l'opportunité d'une revalorisation du SMIC de 13,65 euros par mois. « On a déjà la main-d'œuvre la plus chère d'Europe ! » vocifère l'un d'eux.

– C'est quoi, le SMIC ? demande le garçon.

Aline jette un regard dans le rétroviseur. Il a l'air d'aller mieux.

– C'est un peu moins que ce que je gagne, mon chéri.

– Et ça suffit ?

– Assez pour que tu réfléchisses à ton cadeau d'anniversaire.

Mathis se penche vers le siège avant.

– Je veux qu'on fasse une grande fête avec plein de trucs à boire et à manger et qu'on invite beaucoup de monde.

C'est drôle, il mouline des bras comme son arrière-grand-père.

– Même des gens que je ne connais pas.

– C'est promis, lui assure-t-elle, je vais commencer à rédiger la liste.

Elle cherche une autre station. Ça crachote sur les ondes. Chaque matin elle doit se battre pour avoir des nouvelles du monde : pas de réseau, pas de radio, on dirait qu'elle rentre dans l'atmosphère. Un trou noir à deux heures des studios parisiens. Ce n'est même plus la France d'en bas, c'est la France du fond.

Aline adresse un clin d'œil à son fils, qui comprend aussitôt. Elle lâche le volant et tape des mains.

– « Toi, toi, ma belle Andalouse... »

La voiture est secouée. Mathis enchaîne :

– « Aussi belle que jalouse... »

Il a le sourire des matins apaisés. Elle pourrait presque le déposer à l'école.

– Non, chez mamie ! supplie-t-il.

Le son de la radio revient. Le vieil Espace a retrouvé la gravité.

– Allô, Paris ? Tout va bien ! crie Aline.

Elle aime le voir heureux. Les chansons sont faites pour ça, elles dialysent les états d'âme. Sans elles, beaucoup lâcheraient la rampe. On devrait donner le prix Nobel de la paix à Pharrell Williams ou à Kendji Girac.

Le chevreuil surgit de la pépinière et traverse la route, princier. Aline freine. Ce n'est pas le moment d'avoir des frais sur la voiture. C'est le grand mâle. Derrière lui, la femelle protège deux jeunes faons. Le plus frêle boitille et s'attarde un moment. Aline mord à droite sur les premiers rangs d'un champ de betteraves, quelques-unes éclatent. La femelle laisse son faon reprendre son souffle. Aline connaît avec Mathis le même sentiment de solitude et d'isolement.

Le jeune se remet en route. Aline consulte sa montre. Embauche dans une demi-heure. La pointeuse attendra. Marie, sa mère, a préparé le café. Sur un mur, les chatons du calendrier surveillent la cuisine. Ça sent l'odeur de son enfance, un mélange de chicorée et de lait Gloria qu'Aline verse par petits nuages en regardant les gouttes marbrer le noir du pur arabica et tracer dans son bol des labyrinthes sans fin.

Combien de fois, adolescente, s'était-elle évadée des quatre murs carrelés de blanc en laissant son imagination se perdre dans ces entrelacs, imaginant le fiancé avec lequel elle s'envolerait loin du bol gravé à son prénom et de la table en formica ? Et puis Christophe l'avait étourdie et emportée vers Essaimcourt. Elle n'aurait pas rêvé mieux. Un autre travail, peut-être. À eux deux, son père et sa mère avaient passé quatre-vingt-dix ans derrière un guichet des PTT pour l'élever. Elle ne s'était pas montrée à la hauteur.

– Va poser ses affaires dans ta chambre, lui dit sa mère.

À l'étage, rien n'a changé. On croirait un film des années 70. Les murs de l'escalier sont acidulés d'un papier imprimé de losanges orange entrecroisés à l'infini. Sur chaque porte est collée une pochette de 33-tours. Renaud sur la jaune, Led Zeppelin sur la verte, Bashung sur la bleue. Sur celle de la salle de bains trône une photo de son père ébouriffé. Rien de Jean Jaurès ; on dirait Roger Daltrey, le chanteur des Who.

Elle pénètre dans sa chambre. À travers le plancher, elle entendait ses parents refaire le monde en compagnie de leurs copains de manifs. Parfois elle aurait aimé qu'ils s'intéressent à elle autant qu'à la chute du mur de Berlin ou au sort des Afghans. Mais elle avait appris à partager leur amour avec la terre entière, même si parfois elle trouvait les parts inégales.

Sur les étagères, sa mère a remonté de la cave et disposé sa figurine de Candy, sa collection d'*OK!*, son mange-disque orange et le Télécran de ses premiers croquis.

Elle se souvient des heures passées à attendre ici qu'il lui arrive quelque chose en imaginant des unes de journaux pour s'inventer des vies. « À 17 ans, elle boucle un tour du monde. » « Une jeune d'Essaimcourt au chevet de l'Afrique. » « L'idole des ados en concert à Beauvais. » Elle illustrait chaque titre de Polaroid. Aline et son sac à dos, le pouce en l'air, en Inde dans la rue du Lavoir. Aline creusant un puits au Bénin au fond du jardin. Aline en star à lunettes de soleil repoussant les paparazzi, allongée sur un transat de la piscine municipale.

« À quoi peut bien rêver Léa ? » songe-t-elle. À mieux qu'elle, sans doute. C'est pour ça que l'on fait des enfants, pour les hisser sur ses épaules, le plus haut possible, les aider à atteindre ce que l'on n'a pas pu atteindre soi-même. Elle n'aurait jamais dû refermer ses livres aussi vite, laisser Christophe lui tourner la tête, croire que le bonheur pouvait être à l'usine. Alors, pour compenser, elle vit sur la pointe des pieds, toujours tendue, avec l'obsession de leur faire gagner quelques centimètres.

Sa mère a laissé *Les Trois Petits Cochons* sur la table de nuit. Enfant, l'histoire la terrorisait. « Elle est solide, notre maison à nous ? » s'inquiétait-elle. « Bien sûr, la rassurait sa mère. Tu crois que papa nous laisserait vivre dans une maison en paille ? » Elle courait se blottir dans les bras de son père et laissait son cœur de héros battre contre sa tempe. Rien alors ne l'effrayait plus, ni la nuit ni le loup, elle se perfusait de son courage et s'endormait en comptant les battements de sa poitrine.

Aline pense à Élise et à Jérôme, à leurs projets, aux rêves raisonnables arrosés ensemble lorsqu'une année se terminait. Eux aussi croyaient leur maison solide... Plus personne n'est à l'abri aujourd'hui.

Elle les imagine allongés sur leurs lits d'ados, à 45 ans, des valises et des larmes plein la chambre.

Brusquement, elle étouffe, ouvre grand la fenêtre et redescend l'escalier.

Son père est rentré de la chasse.

– On a vu les chevreuils. Il y a un jeune qui n'a pas l'air très bien.

Elle cherche Mathis des yeux.

– Je dois y aller. Tu peux l'aider à travailler s'il va mieux ?

Il allume déjà la télé.

– Ton écran est minuscule, papa, tu t'esquintes la vue.

L'accoudoir de son fauteuil bringuebale. Avant, il réparait tout. Un jour, il avait même opéré l'une de ses poupées en ressuscitant son regard, rendu aveugle par un mauvais coup de crocs, grâce à deux agates volées dans le sac de billes de Mathis.

Elle regarde ses mains ridées trembler tandis qu'il essaye de remettre en place le repose-bras. Où a disparu sa force de héros ? Avant, il la soulevait sans effort. Bientôt c'est elle qui l'aidera à se mettre debout. C'est comme ça, à peine fini d'élever ses enfants, il faut déjà s'occuper des parents. Elle se demande combien de temps il lui restera entre les deux pour prendre soin d'elle.

– C'est promis, pour votre anniversaire de mariage, je vous offre un écran plat et deux fauteuils électriques.

Mathis lui envoie un baiser. Elle fait semblant de le gober.

– Si ça ne va pas, vous m'appelez, d'accord ?

Après sa famille et sa maison, l'usine est sa troisième merveille du monde. Paradoxalement, dès qu'elle en franchit les grilles elle se sent libre. Pas besoin d'expliquer sa vie aux autres, ils ont la même : des enfants, un crédit, une vieille voiture, des histoires de mari, ou des histoires de cul, et surtout 1 300 euros pour faire tourner tout ça jusqu'à la fin du mois. Ça occupe.

Les filles sont encore dans la cour, pimpantes et souriantes. La fumée des clopes en papier s'entremêle à la vapeur des électroniques, les conversations passent de la soirée télé à la soirée en boîte, des devoirs des enfants au devoir conjugal, et les joues se tendent, rosies par le froid et le rouge à lèvres des baisers.

Personne ne comprend rien aux ouvriers sauf les ouvriers eux-mêmes. Les usines font peur comme les cités. On n'y voit que la crasse, la cadence des chaînes, on n'en retient que le vacarme des machines, le claquement des pointeuses, la fumée de pneus qui brûlent, la violence des piquets de grève et les larmes des licenciés. Pourtant, chaque matin Aline y retrouve ses petits bonheurs, le travail bien fait d'abord et le travail tout court surtout, le café à la cantine, l'art du geste précis et maîtrisé, la complicité de classe et cette énergie qui, malgré la fatigue et les douleurs, court les ateliers.

À l'extérieur, les syndicats tractent. Chaque fois, c'est comme une risée sur un étang, les visages plissent et froncent. Le bonheur ouvrier est précaire. C'est un écosystème fragile, une terre humide, une résurgence du passé, un rien le déséquilibre. Cette fois c'est la rumeur d'une semaine de chômage technique. Ça faisait longtemps. Elle vient de Cindy, la représentante de la CGT. Aussitôt chacun fait ses comptes.

– Pas maintenant, ça tombe mal.

Ça tombe rarement bien. C'est normal : pas assez de gras, tout a déjà été revu à la baisse depuis des années, travailler est devenu un privilège, le seul sur lequel on rogne, encore et toujours, les autres, ceux des actionnaires, des fonds de pension, des grands patrons, se portent bien, le principe des vases communicants, le bonheur des uns… Toujours la même histoire.

À l'atelier, le beau temps revient. Laurie est enceinte. L'année dernière elle a pris six mois de congé sans solde pour l'insémination. Tout le monde a croisé les doigts. À son retour chaque fille lui a tricoté quelque chose sur sa machine. Aline autorise l'équipe à augmenter la cadence pour soulager celle de la future maman. Ce n'est pas la procédure, mais chez Wooly la moitié des camarades d'usine ont été camarades de classe.

À l'emballage, derrière ses cartons, la grande Séverine imite Céline Dion en direct de Las Vegas, une basket collée aux lèvres en guise de micro. Gérald, le mécanicien-machine, joue les paparazzi, caché derrière son chariot pour lui donner le frisson. Depuis toujours, elle rêve de Canada, coincée dans un deux-pièces avec vue sur le stade, alors, pour s'évader, elle voyage sur Céline Airline. Les paires de chaussettes volent. Séverine décolle et entame *My Heart Will Go On* debout sur son tabouret. C'est la reine du monde. Les filles l'accompagnent et ouvrent grand les bras aussi, déclenchant les alarmes des tricoteuses. Aline met fin au naufrage et baisse le rideau sous les sifflets.

Le midi, un nouveau coup de vent secoue l'équipe. À la cantine, un bric-à-brac d'anciennes tables d'atelier, personne n'ose ouvrir son Tupperware. Cindy, la syndicaliste, a l'air grave.

C'est leur mère à toutes. 40 ans mais déjà vingt-cinq
d'usine. Une vie pour les autres, toujours le pin's du
syndicat à la boutonnière, sur sa blouse ou en jogging.
Un bout de femme, sèche comme un préavis de grève
mais moelleuse à l'intérieur, une poule toujours prête à
rassembler ses petits, syndiqués ou pas, la grande pou-
pée russe à l'intérieur de laquelle les filles viennent trouver refuge. À 20 ans elle a épousé la cause et personne
d'autre. Depuis, tous ses enfants pointent à l'usine et
elle en espère un autre. Son dossier d'adoption attend
quelque part sur une pile à Médecins du Monde, mais
l'assistante sociale l'a prévenue, ça coince au niveau du
salaire. Alors, chaque soir après l'arrêt des machines,
elle attend et s'enfume de tabac à rouler dans son
minuscule local, tapissé de beaucoup de défaites et de
peu de victoires, en imaginant l'enfant qu'elle pourrait
aider à grandir et à éduquer.

– Alors ? l'interroge Aline.

La direction aurait décidé de délocaliser une de ses
deux dernières usines. Il y a dix ans, six cents emplois se
sont déjà volatilisés en Chine, un site entier, pas le leur
heureusement, mais tout le monde a dû accepter une
baisse de salaire et cent dix licenciements. Une déchirure, des drames sans fin, parfois la fille mais pas la
mère, parfois les deux, sans logique et sans explications
à part le coût de la main-d'œuvre, dix fois moins cher là-
bas. Alors l'usine s'est envolée vers Shanghai.

– D'après les camarades de la centrale, explique Cindy, on passerait encore au travers, ce serait pour l'usine d'Œilmort.

Personne n'ose rien dire. Tout le monde se sent coupable mais soulagé.

– Tu es sûre ? demande Aline.

– Presque. Ils disent que nous avons la chance d'avoir les bureaux de la direction ici, précise la syndicaliste.

– Pour une fois que les patrons servent à quelque chose, plaisante Séverine.

Personne ne rit. Chaque miraculé cache un cadavre.

– Et ça part où ? s'enquiert le mécanicien.

– J'ai entendu parler de l'Éthiopie. Il paraît que c'est deux fois moins cher qu'en Chine, H&M y est déjà.

Personne ne connaît.

– Ce n'est pas là où ils ont faim ? se risque Aline.

– Si. Ils bradent même leur pays : un groupe indien vient d'acheter 300 000 hectares à 1 euro l'unité pour produire des roses.

Cindy est incollable sur l'exploitation de l'homme par l'homme. Elle leur explique la logique : pour vendre les terres, le gouvernement éthiopien chasse les familles qui les cultivent ; résultat, les paysans ruinés travaillent pour rien dans des usines de la banlieue d'Addis-Abeba où vont sans doute s'envoler les emplois d'Œilmort.

Laurie tient son gros ventre.

– Merde ! Et moi qui achetais toujours une rose à l'Indien de la pizzeria... Si j'avais su qu'à cause de lui les camarades allaient se retrouver au chômage... soupire-t-elle.

Cindy est découragée.

– Ce ne sont pas les mêmes Indiens, Laurie. C'est comme partout, il y a des Indiens qui exploitent et des Indiens qui sont exploités.

Elle s'arrête un instant pour lui laisser le temps de digérer l'information.

– C'est compliqué, avoue Laurie.

Aline se souvient qu'en CM2 déjà elle avait du mal à comprendre son emploi du temps.

Elle se demande comment ça peut revenir moins cher de déménager toute une usine de l'Oise jusqu'en Afrique, de la reconstruire, de démonter les machines, de les remonter, de former les ouvrières et les techniciens, d'importer les tonnes de fil et de réexpédier la marchandise.

– Ils ont des gens qui étudient les scénarios, lui explique Cindy.

– Les « scénarios » ?

– C'est comme ça qu'ils disent. Avant d'acheter, ils se racontent l'histoire, imaginent tout, les coûts de production, les frais de transport, le contexte politique, les risques de grève, la qualité du produit, la docilité de la main-d'œuvre, la souplesse des lois du travail, et ils choisissent le meilleur scénario. Tu imagines qu'ils vont fabriquer nos chaussettes dans un pays où presque tout le monde marche encore pieds nus...

– Et nous alors ?

Cindy hausse les épaules.

– Nous ? Ils nous laissent une vue bien dégagée sur les usines vides, comme ça, quand tu passes devant en allant pointer au chômage, tu jures de fermer ta gueule la prochaine fois que tu trouveras du boulot.

Aline vient de comprendre la mondialisation : c'est lorsque son travail disparaît dans un pays dont on ne connaît rien. Il n'y a pas mieux aujourd'hui pour enseigner la géographie aux enfants que de leur apprendre où sont passées les usines de leurs parents, se dit-elle.

Au café, Cindy leur décrit les ateliers sécurisés, le travail-prison, les enfants attachés à leur machine, la pollution, les produits toxiques, les dortoirs sans fin, le droit de cuissage, les vexations et les brimades, les accidents, les doigts arrachés, les peaux brûlées, les salaires de misère amputés à chaque manquement aux règles strictes, la puanteur, la promiscuité, l'insalubrité.

Aline sort un paquet de Petit LU.

– J'ai vu un reportage sur une usine de jeans à Dacca, raconte-t-elle, la journaliste y faisait le portrait croisé d'une ouvrière française et d'une jeune Bangladaise. L'une avait perdu son travail, l'autre l'avait récupéré. L'une touchait des indemnités pour oublier les gestes, l'autre s'esquintait le dos à les répéter, toujours les mêmes, pour presque rien. L'une se sentait inutile, l'autre utilisée. Fallait voir le gâchis… se désole-t-elle.

Aucune ne gagnait de quoi faire vivre sa famille. Ça n'avait produit que du malheur.

– Et tu sais quoi ? lui demande Cindy. Le plus dégueulasse, c'est que malgré toute cette casse, en cinquante ans de tour du monde dans les usines les plus pourries, le prix du jean n'a jamais baissé ! Tu continues à le payer aussi cher que tes parents ! La seule différence, c'est qu'aujourd'hui tu tires la langue pour t'en offrir un.

Laurie a brusquement envie que son enfant attende encore un peu à l'intérieur, au chaud.

Le soir, un ciel aux allures d'Irlande grouille de moutons blancs, menaçant de tout noyer. Aline fait le détour par l'arbre à loques. Tant pis pour la pépinière et les chevreuils. C'est un vieil orme centenaire caché à l'intérieur d'un bois de sapins miraculeusement épargné par les obus lors de la reprise de la route de Beauvais. Il faut arrêter sa voiture sur le bord d'un chemin communal à hauteur d'un pont de pierre et emprunter à pied sur une centaine de mètres une sente creusée dans une pâture par le piétinement de milliers de pèlerins. Depuis le Moyen Âge, ils viennent ici prier saint Gilles, le saint qui ne fait jamais défaut.

L'arbre est une sorte d'épouvantail aux branches habillées n'importe comment, comme le roi Dagobert. On vient y suspendre le pantalon d'un boiteux, un soutien-gorge pour implorer la rémission d'un cancer du sein, les chaussettes d'un malade de la goutte, le chapeau sous lequel a grossi une tumeur au cerveau, des chandails, des gants, des lambeaux sur lesquels on a griffonné un vœu de meilleure santé. Le soir, on dirait un fantôme emmêlé dans les branches s'agitant pour se libérer. Rares sont ceux qui viennent se risquer après le coucher du soleil.

Une nuit de 1349, en pleine épidémie, la peste noire sauta les portes de Paris et se répandit jusqu'à Clergeons, menaçant les premières maisons d'Essaimcourt. Adrien, l'idiot du village, habitait à l'entrée du bourg, en haut de la côte du cimetière. Il prit la fuite jusqu'au bois de sapins. Brusquement, une voix lui ordonna de se jeter devant l'orme et de supplier saint Gilles, patron des mendiants, de l'épargner. La peste s'arrêta à ses genoux. Le curé lui ôta son pantalon, l'enduisit de la tête aux pieds avec l'eau du lavoir, enfouit ses doigts dans la bouche de l'idiot, signa trois fois le tronc de sa salive, puis accrocha la loque à la branche la plus basse de l'orme. Six cent soixante-six ans plus tard, les pèlerins venaient toujours l'habiller de leurs soucis, espérant conjurer les maladies, bien sûr, mais aussi se protéger des mauvaises récoltes, empêcher les prix du grain et du lait de s'effondrer et, surtout, prier saint Gilles de multiplier les offres d'emploi comme Jésus l'avait fait avec les pains et supplier que les actionnaires n'aillent pas voir ailleurs, en Chine, au Bangladesh ou en Éthiopie.

Aline retire de son sac deux chaussettes tout juste sorties des tricoteuses. Elle se met à genoux et signe trois fois le tronc de sa salive. Plusieurs paires pendent déjà aux branches. Elle se relève. Devant elle est accroché un chemisier blanc sur lequel on a écrit : « Soulagez-moi saint Gilles et trouvez un travail à mon fils » ; à l'intérieur, une étiquette mentionne : « *Made in Turkey*. » Aline prie devant le diable. Plus une loque ne sort des usines de la région. La peste a fini par atteindre l'Oise et contre cette épidémie-là le monde est impuissant. Dans le canton, la principale coopérative laitière est passée sous contrôle d'un gros groupe américain, les tracteurs et les moissonneuses-batteuses ont l'accent suédois et personne ne connaît exactement la nationalité des actionnaires d'Univerre. D'autres employeurs jonglent avec les noms et les adresses comme des voyous en cavale : on les dit au Luxembourg, au Liechtenstein, aux îles Caïmans. Encore une autre façon d'apprendre la géographie aux enfants... L'ennemi s'est dématérialisé. Il n'existe plus personne à affronter, ça ajoute à la peur et à l'angoisse. Plus de ces immenses demeures d'où les patrons gardaient un œil sur les quartiers ouvriers, juste des sigles, des fantômes dont on ne sent le souffle que lorsqu'il est trop tard.

Christophe est passé chercher Mathis et des McDo. Son fils a retrouvé ses joues roses. Léa picore des frites en révisant sans conviction. Dans l'encadrement de la fenêtre, la fracture sociale s'est agrandie. Les Moldaves ont installé une cuisine laquée rouge toute neuve – on dirait une publicité pour *Maison et Décoration*. Il y a un écran de télévision intégré dans la porte du réfrigérateur.

Aline serre son mari dans ses bras.

– Oh les amoureux ! ricane le garçon.

En face, les Moldaves règlent l'image. David Pujadas annonce les titres. Mathis se lève et va allumer la télé dans le salon. C'est la règle, on mange en écoutant le *20 heures*.

Le monde défile, le son dans la pièce d'à côté, l'image dans la cuisine des voisins : « Bordeaux bientôt à deux heures de Paris... Les ruines de Palmyre en ruine... Augmentation spectaculaire des revenus du P-DG de Lactalis... + 33 % », indique un graphique. La courbe grimpe comme le Tourmalet. Pourtant le prix du lait à la ferme a baissé de près d'un quart. Un jeune éleveur voisin s'est encore suicidé, sa femme a retrouvé son corps dans un bois tout près de l'arbre à loques. « Il meurt un agriculteur tous les deux jours », rappelle Pujadas.

Les enfants n'entendent rien ou font semblant.

– Je peux aller jouer à l'arbre à Tarzan ?

Léa regarde sa mère : elles n'ont toujours pas révisé Anderson. Aline les laisse filer, elle a assez fait d'économie avec Cindy pour aujourd'hui.

Christophe est au courant. La moitié des hommes de chez Univerre ont leur femme ou leurs filles chez Wooly.

À l'écran, Marine Le Pen s'agite devant les micros : « Je veux que dans chaque usine l'emploi soit d'abord réservé aux Français. » Aline a envie de lui jeter son yaourt. Elle pense à Yasmina et à Leila, deux bonnes ouvrières, toujours à l'heure. Personne n'accepterait de prendre leur travail à l'atelier. Comment peut-elle attraper autant de mouches avec un si mauvais vinaigre ? À l'écran, un jeune économiste conteste le principe de la préférence nationale mais reproche aux Français de ne pas être assez mobiles. « Qu'il vienne ici ! s'insurge Aline. Les agences immobilières sont pleines de maisons invendables, d'ouvriers qui rêvent de mobilité. »

– Et toi, ça va ? demande-t-elle à Christophe.

Chez Univerre aussi les comptes frôlent le rouge. Mais il préfère ne pas en rajouter.

– Ne te fais pas de soucis, la rassure-t-il.

Elle lui prend la main. C'est comme un Xanax, tout son corps se détend aussitôt.

– Je m'en fais quand même, murmure-t-elle, surtout pour les enfants.

Il lui sert un verre de blanc. Elle y trempe les lèvres.

Dehors, Mathis est pendu à sa corde et Léa à son téléphone. Sur l'écran télé du réfrigérateur la présentatrice annonce du beau temps pour demain.

– Il paraît que *Le Jeu des 1000 €* va revenir dans la région, annonce Christophe.

– Tu crois qu'elle va réussir ? s'inquiète Aline.

– Qui ?

– Léa.

– Quoi ? Le Super Banco ? plaisante-t-il.

– Non, le bac, idiot !

Il sirote à son tour.

– J'en suis sûr.

Elle regarde par la fenêtre sa fille téléphoner.

– Ce serait la première de la famille.

– Le Super Banco aussi !

Aline se fâche :

– Arrête ! Je n'en dors pas.

En face, les Moldaves éteignent la télé et étalent leurs matelas chinois à même le sol.

Il la prend dans ses bras.

– Ne t'inquiète pas pour eux.

Elle l'embrasse.

– Je veux juste les sortir d'ici, tu sais.

Octobre

C'est comme une coulée de boue, un glissement de terrain, un éboulis d'espoirs déracinant tout sur son passage, les rêves et les projets, rasant des vies au hasard, sans raison, épargnant les unes et broyant les autres, laissant les miraculés comme les engloutis sans souffle, incapables de réaliser leur chance ou leur malheur tellement la sidération les pétrifie, la douleur des victimes irradiant les survivants tant les morts sont près des vivants.

La nouvelle, soudaine et violente, surprend Aline un lundi à l'embauche. Dans la cour les filles ont la gueule des mauvais jours. La fumée a pris le dessus sur les vapeurs d'eau parfumée. Tout le monde tire sur une cigarette, même ceux qui ont arrêté.

Cindy ne lâche pas son téléphone.

– Les pourris ! répète-t-elle en secouant nerveusement sa silhouette.

Elle rameute l'intersyndicale :

– Allô, Franck ? Ramenez-vous, vite, ils nous ont baisés. Ce n'est pas pour Œilmort, c'est pour nous !

Silence dans le combiné. L'autre doit rapporter la nouvelle aux camarades d'Œilmort. Le boulet les a épargnés. Elle les imagine ahuris, à la fois inquiets et soulagés.

La voix de Franck revient, tendue :

– Ils ont touché au matériel ?

– Oui, dans la nuit.

Nouveau silence. Cindy attend les ordres. Ils tombent : rester sur place.

– OK, j'en parle aux filles, murmure-t-elle.

Les ouvrières, alignées, le visage sans espoir, ont compris. Assommées, aucune n'ose rien dire.

– Qu'est-ce qui se passe ? demande enfin Aline.

– Ils ont vidé la moitié des ateliers et déménagé les machines. On s'est fait endormir, ils nous ont baladés avec leurs histoires de patrons installés sur le site.

À l'intérieur de l'usine, la coulée de boue a emporté toute une rangée de tricoteuses ; les autres ont survécu. Au sol restent les trous béants des fixations, tels des moignons. Aline n'a plus rien à surveiller. Des creux de dix mètres lui ravagent le ventre. Les quarantièmes rugissants. Elle vacille. La moitié des filles lâchent aussi la barre, surprises, emportées par la déferlante. Les autres s'accrochent à leur tabouret comme des naufragés aux restes de leur bateau, caressent leur engin miraculé, puis se mettent en ordre en attendant la sonnerie.

L'atelier, amputé de la moitié de son sens, semble immense, on dirait une cale vide. Pourquoi cette rangée et pas l'autre ? Qui a décidé ? L'usine prend l'eau et cette fois Aline n'a pas de gilet. L'odeur de l'huile lui manque déjà. Elle n'a plus qu'un long tapis de ciment froid pour horizon, un désert gris là où fleurissait une forêt de fils de couleur, le néant dans un silence de grand bleu. Les silhouettes des machines disparues résistent encore, encrassées dans le béton. L'usine ressemble à une vaste scène de crime. Aline compte les contours des cadavres tracés par terre.

Le directeur adjoint responsable de la gestion et des stocks arrive en personne pour une annonce.

Heure du décès : 1er octobre, 7 h 30.

Cause de la mort : violent coût social assené à plusieurs reprises sur l'outil de travail.

Armes du crime : les 35 heures, la rigidité du code du travail et le salaire minimum garanti.

Liste définitive des victimes : à établir.

Puis l'homme les plante là, sans rien d'autre, ni « oui » ni « merde ». Cindy est évacuée par les vigiles pour avoir essayé d'attraper l'aboyeur par le col.

Toute la journée, Aline et les autres désœuvrées font semblant, bourdonnent, s'affolent. On dirait des abeilles dont on vient de détruire la ruche.

– Peut-être qu'ils vont remettre des machines neuves, roucoule Céline Dion, réfugiée sur son tabouret dans sa bonne partie de l'atelier.

La pauvre Séverine... encore à côté de la plaque. Ils ont embarqué les plus modernes, des DT 657, rachetées presque neuves à Düsseldorf. Ce sont toujours les meilleurs qui partent. Laurie a gardé la sienne, grâce à son gros ventre. À quoi ça tient... À un coût social et un coup de reins.

Les inoccupées se comptent. Elles sont vingt-quatre à attendre dans le couloir de la mort. La mort du travail. Plus personne ne les calcule. Sans machines, elles ne sont rien. Aline a vécu la même chose à la naissance de Mathis. La sage-femme le lui avait enlevé pour soigner une jaunisse ; seule dans sa chambre, elle ne servait plus à rien : les infirmières passaient sans pousser sa porte, même Christophe l'oubliait quand il venait voir son fils. Sans bébé, elle était devenue aussi inutile qu'une ouvrière sans machine.

Une fille fait déjà disparaître au balai-brosse les contours des tricoteuses mortes vivantes. Elle lui rappelle un tableau aperçu au musée de La Piscine à Roubaix, *Scène de triage de la laine* de Théodore Gueldry. Au premier plan, une employée nettoie son atelier, derrière elle, d'autres ouvrières, le chignon bien fait, tirent des chariots remplis de laine dans une lumière jaune floue ; on sent la poussière de paille flotter dans l'air. C'est la grande époque des filatures du Nord. Chaque jour, la tonte de plus de trente-cinq mille moutons arrive du monde entier sous l'immense verrière de l'usine. Ça sent bon le chardon d'Écosse, le fuchsia de Magellan, la marguerite sauvage du Namaqualand, au nord-ouest de l'Afrique du Sud. Les filles voyagent en ouvrant les ballots. Toutes les demoiselles à marier, les veuves, les mères de Roubaix passent par les ateliers. Elles viennent y chercher un fiancé, un mari ou un amant parmi les déballeurs, les laveurs, les sécheurs, les cardeurs, ceux qui transforment la laine brute en un voile léger, laissant aux finisseurs le soin de l'étirer et de l'enrouler en bobines qu'ils accrochent aux fuseaux des machines.

Cindy est revenue. Elle se bat au téléphone avec *Le Courrier de l'Oise* pour faire passer un photographe. Mais plus personne n'immortalise les ateliers aujourd'hui. Ils ne valent même pas un selfie.

Plus personne non plus ne voyage en ouvrant des ballots. On se rencontre sur Meetic et on décolle de Beauvais, sans même prêter attention aux friches des usines, abandonnées pour laisser place aux pistes d'atterrissage des compagnies low cost.

Le soir, sur la route de la plaine, à l'endroit où passe un peu de réseau, un texto, tel un dépistage, met fin au dernier espoir d'Aline. Cancer du chômage. Elle fait partie des métastasés. Effondrée, elle s'arrête sous son arbre. Plus rien ne rugit à l'intérieur de son ventre. La bête s'est installée. Elle est là pour longtemps, elle le sent. C'est une autre douleur, plus diffuse, angoissante. Rien n'a encore changé, mais tout est déjà différent. La lumière sur son bouquet d'arbres a perdu de sa magie. Elle sort son carnet. Les pins, les tulipiers de Virginie au parfum délicat, les érables pourpres, les pommiers rouges, les saules aux longues retombées filandreuses, les ifs aux branches tressées comme des nids et les deux grands palmiers ébouriffés ont encore grandi. Elle, au contraire, se recroqueville.

La pie perchée sur sa barrière a disparu, Van Gogh et Caillebotte aussi, Gauguin est retourné aux Marquises. Il n'y a plus devant elle qu'une pépinière abandonnée, comme l'Oise presque entière, hérissée de clochers en briques rouges d'où ne sort plus aucune fumée blanche, aucun signe annonciateur d'espoir, des cathédrales mortes devant lesquelles s'agenouillent les sans-travail, les yeux rivés sur leurs découverts bancaires, en rêvant de hurler à nouveau : « *Habemus opus ! Habemus opus !* » et de retrouver le vacarme des machines, le brouhaha des cantines, les tracts, l'étroitesse des casiers de vestiaire, la crasse sous les ongles. Mais chaque fois l'annonce des chiffres du chômage les renvoie loin des ateliers, dans un ressac mortel où disparaissent les couples et des familles entières. Elle a peur de se noyer, de couler à pic, de disparaître, boulot et âme.

C'est ça la bête qui dans son ventre a remplacé les quarantièmes rugissants. Tétanisée, elle attend chacune de ses morsures, sanglotant dans la voiture, ruinant de ses larmes les traits délicats de ses coups de fusain.

« Mais t'es où ? Mais t'es pas là... » Après un instant de musique la voix de son mari égrène : « Salut, c'est Christophe, raté ! Alors vous savez quoi ? Laissez-moi un message. »

Elle aimerait l'entendre en vrai. Se rassurer. Pouvoir être certaine que tout n'est pas aussi fragile qu'un contrat de travail, l'écouter lui promettre que leur amour résistera aux chocs et aux rayures, qu'il est garanti à vie, à durée indéterminée, non licenciable, que ça ira bien pour le bac de Léa et surtout pour la suite.

Mais elle doit se contenter du message de son répondeur et ruine un peu plus ses croquis.

À la maison, les enfants piaillent. Elle voudrait pouvoir couper le son. Mathis demande à piocher dans le dernier paquet de Paille d'Or. Léa veut réviser. Aline saigne mais fait semblant d'être enchantée en s'asseyant sous l'arbre à Tarzan. L'été déteint sur octobre, il fait encore doux, même à 18 heures. Une lumière orange cuivrée éblouit la rivière. Elle glisse lentement le long des berges, emportant les premières feuilles cramoisies. Mathis s'amuse à les couler avec des pierres. Les hirondelles traînassent. Un soleil bas sèche ses larmes. Léa, la tête dans ses annales, ne remarque rien.

– On y va ?

Elle lui tend une fiche.

– Alors...

Aline met discrètement ses lunettes et déchiffre.

– « Par quel paradoxe explique-t-on le phénomène de déclassement social ? » lit-elle sans tout comprendre.

Sa fille jubile :

– Le paradoxe d'Anderson !

Aline se tait.

– Et ?... s'impatiente Mathis.

– Et quoi ?

– Eh bien, demande-lui de t'expliquer ce que ça veut dire !

Léa enchaîne sans attendre la question :

– La définition du déclassement, d'abord...

Elle se concentre un instant, plisse les yeux, et repart :

– C'est la perte d'une position sociale, soit celle de son milieu d'origine – par exemple, ton père était médecin et tu es fonctionnaire –, soit celle qu'un individu avait atteinte – par exemple, toi, tu es contremaître et tu te retrouves ouvrière ou chômeuse...

Aline a du mal à respirer. La bête s'est réveillée et la déchire de l'intérieur.

– Ça va ? lui demande Léa, inquiète.

Elle ment en jouant avec ses lunettes.

– Oui. Juste un coup de fatigue à l'usine.

Elle se demande comment ils ont emporté les machines. Pourquoi personne n'a rien vu. Qui peut bien accepter un si sale boulot ? Sans doute d'autres ouvriers, menacés eux aussi, ou des détachés, comme les Roumains d'en face.

Peut-être même ceux qui vont s'esquinter sur les tricoteuses délocalisées pour un salaire de misère et qu'on a forcés à venir en plus dépouiller les ateliers et se casser le dos à les charger dans les camions.

Elle enchaîne pour ne pas fondre en larmes :

– Et alors, ce paradoxe d'Anderson ?

Léa hésite un instant, soucieuse.

– Je vais bien, la rassure sa mère.

Elle reprend :

– Anderson a défini que l'acquisition par un étudiant d'un diplôme supérieur à celui de ses parents ne lui assurait pas nécessairement une position supérieure dans la vie professionnelle. Par exemple, imagine que moi, après trois ans de fac ou cinq ans d'école de commerce, je finisse caissière chez Simply. Ça, c'est le paradoxe d'Anderson.

Sa mère lui fait les gros yeux.

– Tu es en train d'essayer de m'expliquer que ça ne sert à rien de faire des études, c'est ça ?

– Je savais que tu n'allais pas aimer, mais c'est au programme.

Aline n'est pas certaine d'avoir tout compris.

– En fait, développe Léa, plus les parents ont peur du déclassement, plus ils poussent leurs enfants à entreprendre des études, mais plus les enfants accumulent les diplômes, moins ils trouvent de travail correspondant à leur niveau.

Elle sort un KitKat de sa trousse.

– Tu en veux ?

– Non, répond sèchement Aline. Je te préviens, ton père et moi on sait ce que ça fait de ne rien avoir à inscrire sur un CV. C'est comme nager avec un sac à dos. Il n'est pas question que tu t'arrêtes en route comme nous.

Léa change de sujet :

– Au fait, j'ai voulu lancer une machine de couleurs, mais elle ne marche plus.

C'est une mauvaise nouvelle de trop pour Aline.

– Quoi ? Mais on l'a achetée il y a moins de trois ans !

– Et tu as pris l'extension de garantie ?

– Non.

Léa lève les yeux au ciel.

– Et l'obsolescence programmée, maman !

– La quoi ?

– C'est calculé, les fabricants planifient les pannes pour que les usines continuent de tourner.

– Mais c'est du vol ! s'indigne Aline.

Léa s'amuse.

– Non, mais tu vis où ? Tu n'as pas entendu parler de l'obsolescence des compétences non plus, je suppose ?

– Jamais, bredouille sa mère.

– Ça aussi ça peut tomber au bac.

Léa ferme les yeux quelques secondes et les ouvre à nouveau.

– Alors c'est simple... Tu sais combien il fallait d'années en 1990 pour que le savoir-faire d'un employé devienne obsolète ?

– Non.

– Une vie entière.

– Et alors ?

– Et tu sais combien il en faut aujourd'hui ?

– Non plus.

– Deux ans en moyenne pour la moitié des salariés. Moi, par exemple, je vais devoir me former toute ma vie.

Elle fait mine de se tirer une balle dans la tempe.

– Et sans doute changer cinq fois de métier !

Aline désespère.

– C'est ça qu'on t'apprend à l'école ?

Léa pose son livre.

– Oui, mais ce n'est pas ce que je retiens. Moi, au contraire, je veux aller travailler là où ce qui est vieux peut encore servir.

C'est la première fois que sa fille lui parle de ce qu'elle veut faire.

– Tu sais comment on a résolu le problème de l'eau dans l'Atacama, maman ?

Elle ne sait même pas où ça se trouve.

– C'est l'endroit le plus chaud du monde, au Chili.

– Non, aucune idée.

– En tendant des filets au sommet des montagnes qui surplombent le désert. Le matin, les brumes de cha-leur montent, alors les nuages se prennent dans les mailles et perlent en millions de gouttelettes. Elles ruis-sellent ensuite le long des fibres et redescendent dans des canalisations qui emmènent l'eau jusque dans désert.

Le visage de Léa se fend d'un immense sourire.

– C'est génial, non ?

Aline en a presque oublié l'atelier. Elle s'imagine déjà pêcher la brume.

– C'est ce que je veux, maman.

– Quoi ? Partir au Chili ?

– Ou ailleurs, partout où ce qui ne vaut plus rien chez nous a encore une valeur.

Elle la trouve belle et intelligente. Trop d'allers et retours entre la maison et l'usine lui ont fait perdre de vue la jeune fille qu'elle est devenue. Elle a lu tellement de choses déprimantes sur sa génération, des indolents, insoumis à l'autorité, narcissiques et égocentriques, à l'image de leur passion pour les selfies, déshumanisés à force de n'exister que sur les réseaux sociaux, incapables de se concentrer, la génération Z, une génération de zappeurs irréalistes et inadaptés.

Mais on a bien dit de celle d'avant, Y, qu'elle n'avait été mise au monde que pour consommer, être le carburant de la mondialisation balbutiante, sa chair à carte Bleue, ou de la X, née sous Pompidou ou Giscard, à l'époque de la mort des grandes idéologies, qu'elle était cultivée, militante, à l'origine de toutes les révolutions technologiques, mais qu'elle souffrait du syndrome du prince Charles et, après avoir attendu plus de trente ans que les papy-boomers lui laissent la place, finalement avait dû renoncer à régner, poussée dehors par l'arrogante Y...

Chaque génération doit s'adapter à l'environnement que lui lègue la précédente. Pas étonnant, pense Aline, que celle de Léa, héritière d'un monde d'exclusion, de chômage, de dettes abyssales, de dérèglement climatique, donne le sentiment égoïste de ne vouloir compter que sur elle-même.

On lui reproche sa perdition dans les méandres du Net, elle y tisse au contraire un immense réseau solidaire ; on la trouve autiste devant ses écrans, elle invente simplement une autre manière de communiquer ; on moque son manque de culture, elle possède pourtant à portée de clic toutes les réponses à toutes les questions du monde, disponibles n'importe quand et n'importe où, gratuitement ; on prend pour de la paresse son désir de ne plus travailler physiquement sept heures par jour, elle adapte simplement le travail au temps de WhatsApp et de FaceTime. Elle témoigne en fait d'un monde qui naît, mais les responsables de celui qu'il va remplacer refusent de l'admettre, par peur d'en perdre le contrôle. En fait, la génération Z porte bien son nom. Elle marque la fin d'un cycle. La prochaine recommencera à zéro, ou plutôt à A, avec devant elle un immense horizon, vierge, incertain, porteur de tous les espoirs et de tous les dangers.

Léa avale sa dernière barre chocolatée.

– Tu comprends, continue-t-elle, ici, dès que quelqu'un ou quelque chose n'est plus efficace, on s'en débarrasse.

La bête plante à nouveau ses crocs. Aline doit se retenir pour ne pas hurler.

– Ailleurs au contraire tout est précieux, tout sert. Alors je vais apprendre consciencieusement leurs concepts, maman, garder les bons et bien analyser les mauvais pour mieux les détourner.

Sa mère n'arrive plus à cacher son émotion. Léa réalise qu'elle l'a inquiétée.

– Ne te fais pas de soucis, plaisante-t-elle. Tu ne risques rien, le monde portera toujours des chaussettes, tu n'as pas fini d'aller boire des cafés à la machine avec les copines.

Cette fois les coups de crocs la font basculer. Aline a l'impression de se cogner aux barreaux de sa vie, comme un hamster dont la roue aurait brusquement arrêté de tourner.

– Ça vous dit, une quiche, pour ce soir ? propose-t-elle.

Et sans attendre la réponse elle part couper des oignons pour pleurer tranquillement.

– Tu fais une tourte ?

Elle sent son parfum avant d'entendre sa voix. Il en met chaque soir pour enlever l'odeur de l'usine.

Christophe l'enveloppe comme un papier cadeau, amarre le haut de ses cuisses à ses fesses, l'enlace de ses bras endoloris d'avoir nourri les fours, souffle sur sa nuque, la berce d'un mouvement de hanches et calme aussitôt ses sanglots. Elle laisse tomber son couteau dans l'évier, son corps se détend. C'est son arnica, il apaise sa douleur, comme le jour où elle a appris la maladie de Mathis.

– Ne t'inquiète pas, ça va aller, lui murmure-t-il.

La bête se calme aussitôt.

– Je vais proposer de travailler les nuits et les weekends pendant quelque temps, et toi tu vas en profiter pour dessiner et te reposer.

Dans la maison d'en face, la lumière au-dessus de l'évier est restée allumée.

– Et puis on rognera sur les vacances en attendant que tu retrouves quelque chose.

Elle pense brusquement à ses parents.

– On ne leur dit rien pour l'instant. Aux enfants non plus, ajoute-t-elle.

Christophe acquiesce.

– Vous êtes nombreuses ?

– Une vingtaine.

Il n'ose pas demander les noms.

– Tu sais comment ils ont choisi ?

Elle se retourne, les yeux laqués de rouge.

– Ce n'est pas nous qu'ils ont choisies, ce sont nos machines.

Ça la blesse encore plus.

73

– Toute ma rangée.

Christophe lui prend le moule des mains.

– Laisse, je vais terminer.

Il mélange les œufs à la crème fraîche, y ajoute le lait et les lardons, verse la préparation dans le moule et la saupoudre des oignons émincés. Aline les regarde flotter un instant, puis s'enfoncer et disparaître. Ils se noient comme elle, jamais plus elle ne remontera à la surface. Elle va se dissoudre dans les statistiques, n'être plus personne, encore au début peut-être, le temps de la paperasserie, mais très vite il faudra faire un effort pour se souvenir d'elle, comme il faudra bientôt chercher ce qui peut bien donner ce goût sucré aux lardons quand les oignons, noyés au fond, auront disparu.

– Tu sais le plus drôle ? dit-elle avec un sourire triste.

– Non.

– Je venais juste de promettre une nouvelle télé et deux fauteuils électriques à mes parents.

Christophe lui prend la main.

– Ça tombe bien, dit-il en la lui caressant, tu vas toucher une indemnité de licenciement.

Elle l'aime.

Le lendemain, preuve que le meurtre était prémédité, la lettre est déjà dans la boîte. Aline monte, tremblante, ouvrir l'enveloppe sur la route de la plaine.

Madame, le poste que vous occupiez dans notre société a été supprimé pour raisons économiques. Merci de prendre contact avec notre administration. Cordialement.

Elle compte les mots. Vingt-trois en incluant « Cordialement », une vraie tache en bas de la lettre. C'est idiot de licencier « cordialement ». Pourquoi pas avec « Avec notre sincère amitié » ou « En espérant avoir le plaisir de vous revoir bientôt » ? Encore des formules d'écoles de commerce.

Elle vérifie la définition sur son téléphone. Le réseau mouline.

« Cordialement : de façon bienveillante, chaleureuse, du fond du cœur. »

Tu parles ! Va dire ça aux enfants... « Le patron de maman l'a renvoyée du fond du cœur. » « Il nous abandonne chaleureusement. » « Toute l'équipe de Direction vous met dans la merde en toute amitié. »

Sans la tache du « Cordialement », ça fait vingt-deux mots. Un par année passée à l'usine et aucun pour la réconforter. Pas un « Merci », à part celui de bien vouloir se présenter à l'administration. Elle pense aux vies déchirées en même temps que les enveloppes. Les lâches ! Même pas un nom ou une signature, seulement un cachet : « La Direction générale. »

Aline n'a pas le courage de reprendre la route. Elle compte les lettres maintenant. Cent trente-quatre, sans les points et la virgule. Ça lui saute aux yeux : si elle enlève 1 à 3 ça fait 2, reste 24, et 24 à l'envers ça fait 42, juste son âge dans deux jours. Joyeux anniversaire, merci pour le cadeau ! Elle se déteste, s'engueule : « Bon courage pour trouver du travail, ma vieille ! En toute amitié, personne ne va vouloir de toi. Pas dans l'Oise en tout cas. Qu'est-ce que tu sais faire à part des chaussettes ? Rien, tu t'es fait avoir toute ta vie. »

Staline avait raison. Les ouvriers s'enchaînent à leurs patrons. Ils se battent entre eux pour se faire passer les menottes, se laissent ligoter par les valeurs de l'entreprise, l'esprit d'équipe et plein d'autres conneries du même genre. Elle s'est fait embobiner, un comble pour une tricoteuse, elle a laissé filer sa vie, en répétant les mêmes gestes pendant cinq mille cent soixante-dix jours, soudée à sa machine, sans rien apprendre d'autre que ce pour quoi ils l'ont programmée, et maintenant qu'on la libère « cordialement », elle va traîner ses marques aux poignets comme la preuve de sa bêtise et de sa docilité.

Elle passe voir Cindy au local de la CGT. Il y règne une ambiance de confessionnal. Les filles murmurent de trouille en attendant leur tour. Cindy essaye de leur vendre la lutte des classes, elles veulent juste savoir comment payer leurs factures.

Au-dessus du bureau, une affiche réclame le SMIC à 1 700 euros. Aline est prête à casser les prix. Même pour 1 300 brut elle rempile, s'enchaîne à nouveau, sans RTT, sans repas à la cantine, amputant ses vacances, juste pour se débarrasser de la bête.

– La direction te propose 7 200 euros de prime de licenciement et te dispense de préavis puisque de toute façon il n'y a plus de machine.

Aline se dit qu'il lui aura fallu attendre d'être virée pour avoir autant d'argent. Six mois de salaire net pour se tourner les pouces. Il faudra que Léa lui explique le concept.

– On peut obtenir plus, mais ça va prendre du temps, lui promet Cindy.

– Je vais toucher combien au chômage ?

La syndicaliste sort sa calculette.

– Tu gagnes combien aujourd'hui ?

– 1 489 euros brut.

Elle attend.

– 900,60 euros net pendant deux ans, avec un mois de carence.

La bête replante ses griffes. 250 euros en moins, dix ans d'augmentation du SMIC rayés d'un trait. Aline s'imagine déjà compter ses pièces jaunes devant la caisse avec Sandra.

– Et les autres, qu'est-ce qu'elles décident ?

Cindy fait la moue.

– Elles prennent la prime à cause des crédits.

Aline fait le compte des siens : la voiture, la maison et cette connerie de revolving pour leur semaine aux

Baléares. Il va falloir que Christophe enchaîne les nuits et les week-ends.

– Alors ?

– Alors ils vont continuer à gagner de l'argent sur mon dos. Je prends la prime.

– C'est con, se désole Cindy. On pourrait les mettre à genoux. Tu es sûre ?

Aline embrasse du regard tout ce qu'elle ne verra plus. Elle n'a même pas eu le temps d'emporter une paire de chaussettes en souvenir.

Finalement, elle les aime bien, ces communistes, même si elle a toujours refusé leurs avances.

– Putain, Aline, on n'est pas communistes !

Elle rit de la colère de Cindy.

– On défend les ouvriers, pas le parti, ce n'est pas pareil !

Ça va lui manquer.

Elle l'embrasse.

– Mets-les à genoux pour moi, puisqu'ils ne peuvent pas te virer.

– Tu sais, je préférerais, s'excuse Cindy.

« Bien sûr que non, se dit Aline. Personne ne préférerait. »

Aline roule jusqu'à la station-service, avec ses deux pompes d'un autre âge, tenue par une vieille au dos courbé comme un poirier qu'il faut sonner après s'être servi, sur quoi elle arrive de la maison d'en face, toute vêtue de noir.

Un rayon de soleil timide vient lui chauffer la nuque. Elle décroche le pistolet, l'enfonce, l'active, lève le nez et s'amuse à décomposer chaque reflet du ciel pour comprendre ce qui en fait la beauté, et à son habitude laisse déborder l'essence sur la carrosserie bleu nuit de sa Clio. Christophe déteste quand elle fait dégueuler le réservoir comme ça.

La vieille apparaît et l'encaisse. Chaque jour on dirait qu'elle penche un peu plus. La mairie attend qu'elle tombe pour fermer la station. Elles ne sont plus aux normes, ni l'une ni l'autre. C'est l'Europe qui l'a décidé : pour les pompes, il faut cinq mètres entre elles et le bord de la route. Avec le supermarché et la maison de la presse, c'est tout ce qui maintient un reste de vie à Clergeons. La vieille et ses pistolets emporteront encore quelques familles avec elles.

Chez Simply, c'est l'affluence des débuts de mois. Magali, la caissière, assise haut, comme une croupière de casino, devine à ce qu'elle étale sur le tapis le degré de désespoir de chaque cliente. Elle sait quand rien ne va plus, quand les jeux sont déjà faits. C'est toujours pareil, d'abord les Caddie « solde de tout compte », bourrés de hi-fi pour rassurer les enfants, puis le mauvais gras des mois de Pôle emploi et les lots périmés le jour où le RSA remplace les indemnités.

Sur les linéaires, une cargaison d'écrans plats chinois affiche des marques aux noms imprononçables. Aline charge un grand 65 pouces dans son chariot, y ajoute une barre de son sud-coréenne et une balance électronique *made in Bangladesh* à 9,80 euros, garantie deux ans, piles comprises. À ce prix-là, ils doivent faire travailler les morts.

Magali la repère aussitôt dans la file. Ça sent la prime de licenciement. Elle s'inquiète : Cindy, sa belle-sœur, est empaqueteuse chez Wooly.

Elle appelle discrètement son mari.

– Chéri ? Tu as entendu parler de quelque chose à l'usine de ta sœur ?

– Non, pourquoi ?

– C'est mon troisième gros Caddie.

Elle bipe un chariot entier de mauvaise bière sans quitter l'écran chinois des yeux.

– Tu crois qu'elle s'est fait virer ? demande-t-il.

– Qu'est-ce que tu racontes ? Elle est déléguée syndicale ! Non, mais elle doit savoir. Passe-lui un coup de fil.

Aline croise le regard suspicieux de Magali et change de file. Aucune envie d'être jugée. Ce n'est pas le jour.

Autour d'elle, un embouteillage d'obèses poussant leurs Caddie.

En une décennie de casse industrielle, de délocalisations, de plans sociaux, la corpulence moyenne des ouvriers du canton touchés par les fermetures d'usines a quadruplé. La faute en partie aux produits bas de gamme et aux mauvais sodas dont les grandes surfaces remplissent leurs rayons pour essayer, au fur et à mesure que la mondialisation en fabrique, de garder les pauvres comme clients. Trop d'acides gras, de E210, de E215, de graisses saturées, d'additifs chimiques, d'exhausteurs de goût, destinés à augmenter l'accoutumance aux marques les moins chères et les plus caloriques. Pour les Hyper et les Super, peu importent le cholestérol et la glycémie pourvu qu'il y ait l'ivresse d'un flux continu de Caddie aux caisses. Tout est bon à prendre : salaires, indemnités, allocations de fin de droits, minimum vieillesse, tickets restaurant.

Comme chez les gnous, personne ne doit se rendre compte du danger qui le guette en traversant les allées. Du réflexe de chacun à courir derrière son chariot, à continuer à se comporter comme les autres, même quand il n'en a plus les moyens, dépendent les marges, qui ne doivent jamais fléchir sous peine de sanctions immédiates sur l'emploi, avec, comme conséquence instantanée, la création de nouveaux pauvres qui viennent grossir les rangs de ceux qui, déjà, se précipitent sur les acides gras et les graisses saturées. La machine se repaît alors des indemnités de ceux qu'elle vient de rejeter, les remplaçant par de nouveaux salariés précaires qui, contraints et forcés, mettent à leur tour les sans-dents de côté avant d'être recrachés.

C'est aux marketeurs de veiller à garder tout le monde dans le système, à faire tourner ensemble les assiettes neuves et les ébréchées. Ils sont des milliers chaque année à sortir des écoles de commerce et à rivaliser d'imagination. En élargissant discrètement les allées entre les rayons, par exemple, afin que les gros aient l'impression de l'être moins et continuent à remplir leurs chariots, ou en organisant la répartition des marques et des produits de manière que les pauvres croisent le moins souvent possible ceux qui ne le sont pas encore.

En attendant son tour, Aline cherche le code-barres du téléviseur. C'est comme les tartines, ça ne tombe jamais du bon côté.

La nouvelle caissière, tête baissée sur son clavier, se débat maladroitement avec celui d'un pack de bière allergique au bip. Encore une stagiaire.

Magali ne la quitte pas des yeux. Fait chier ! Elle est déjà étiquetée « cliente périssable », comme les produits discrètement proposés dans un bac au fond du magasin. Brusquement, elle a envie de planter là ses chinoiseries.

– Bonjour, vous avez la carte de fidélité ?

Le client précédent décapsule une canette avant de libérer le tapis.

– Marion ?

La jeune caissière la regarde, gênée.

– Madame Boîtier...

C'est la grande fille du garagiste, elle donne parfois des cours de maths à Léa. « La tête et les jambes, deuxième dauphine de Miss Picardie et licenciée en chimie. » C'est ce que son père leur a dit à la dernière vidange de l'Espace. Aline l'a baby-sittée quand elle était enfant. Une gamine intelligente et sérieuse aux yeux turquoise. À 10 ans, Marion rêvait déjà de chimie verte et impressionnait toute sa famille. Aline avait dû chercher dans le dictionnaire. Un truc pour sauver le monde, comme Léa. Qu'est-ce qu'ils avaient tous à vouloir le rendre meilleur ? Il faut dire que sa génération la leur laissait en mauvais état.

– 1 789,90 euros.

Aline est mal à l'aise de la voir là. Ça lui pince le cœur. Ses parents étaient si fiers.

– Et Léa, ça va ? Ses révisions avancent ? demande Marion.

Elle passe la carte Bleue.

– Je dois la voir jeudi pour bosser les probabilités avec elle.

Aline tape son code.

– Et toi ? ose-t-elle en craignant la réponse.

– Moi, je me suis inscrite en master, alors je me fais un peu d'argent en attendant les cours.

Aline s'en veut. Depuis la disparition de ses machines elle voit tout en noir. Comment Marion pourrait-elle ne pas trouver de travail ? Tout est chimique aujourd'hui. Elle doit être la seule à comprendre les étiquettes.

Devant la caisse, *Le Courrier de l'Oise* empilé sur son rack annonce le grand retour du *Jeu des 1000 €* dans la région.

Il faudra qu'elle en parle à Léa.

Il est des semaines désespérantes. Aline n'a la force de rien. Heureusement il lui reste les maïs, des champs entiers. Elle gare sa voiture entre deux rangées d'épis et attend. Ce sont les dernières récoltes de l'année. Il leur manque encore du soleil et de l'eau. Tous les matins, elle fait semblant et vient se cacher là pour regarder passer le car des enfants. La radio lui vend un monde auquel elle a cessé d'appartenir. Les destinations branchées des vacances, la dernière Golf suréquipée, la banque qui fait travailler votre argent. Anesthésiée, elle pose les deux mains sur son volant et fixe son vernis à ongles. C'est la première fois en quarante-deux ans qu'elle est immobile. Jusque-là, elle a toujours avancé, appris à marcher, à parler, travaillé, aimé, accouché, dirigé les filles à l'usine. Mais, depuis la lettre, plus rien. Elle vit là, cachée, méprisant la femme qu'elle voit sangloter dans le rétroviseur. Elle est devenue inutile. Ses machines tricotent sans elle, Céline Dion affiche sa bêtise avec d'autres, même les chevreuils indifférents viennent embuer les vitres de leurs museaux. Elle pourrait mourir là, personne ne s'en apercevrait avant l'hiver. Il lui suffirait de s'allonger et de se laisser déchiqueter par l'ensileuse, recracher dans la benne en petits morceaux, puis comprimer en ballots. « Tragique accident de moissons », titrerait *Le Courrier de l'Oise*. Elle est loin des unes qu'elle s'inventait en découpant des lettres dans les journaux de ses parents. Où est passée la jeune fille de 17 ans qui bouclait son premier tour du monde, l'adolescente au chevet de l'Afrique, l'idole des ados en concert à Beauvais ? Elle n'achète plus le journal que pour les annonces. Chacune lui rappelle qu'elle ne vaut rien. Trop vieille, pas assez diplômée, trop spécialisée, sans qualification particulière. On dirait la pub pour la Vache qui rit.

D'abord Aline croit apercevoir la factrice. Puis elle se souvient qu'on est dimanche. La voiture est garée devant la maison d'en face. Dans l'encadrement de la fenêtre, la silhouette d'une femme élégante s'affaire à ranger de l'épicerie dans les placards laqués de rouge. Leurs regards se croisent. L'autre lui fait signe de la main. Chacune ressemble à sa maison, l'une impeccable, elle dans son jus. Aline n'a aucune envie de la rencontrer. Trop tard, elle traverse déjà.

L'inconnue n'a pas l'habitude des soldes, ça se voit. Elle porte un pantalon de lin crème ample, très bien coupé, et une veste matelassée bleu clair ajustée. Jackie Kennedy en plus grande, la même allure, le même sourire désarmant. Un contraste avec les murs de brique, on la verrait plutôt sur la Côte d'Azur.

Aline lui tend une main encore mouillée.

En revanche, elle a l'habitude du coiffeur. Un balayage de reflets blonds éclaire sa coupe mi-longue.

– Bonjour, dit-elle en souriant. Je suis Hélène, votre nouvelle voisine.

Aline se ravise et lui tend le poignet.

– Excusez-moi, j'étais en train de finir la vaisselle.

– Je voulais juste savoir quel jour passaient les poubelles.

Elle a prononcé « poubelles » comme « Chanel », avec la même élégance.

– Le mardi, bredouille Aline.

Elles sont plantées toutes les deux au milieu de la rue, un rosier et un pot de fleur, l'une aérienne et parfumée, l'autre utile mais sans charme particulier.

– Il faudra que je les sorte le dimanche soir alors, j'espère que ça ne vous dérangera pas.

Quoi ? Les poubelles ? Bien sûr que non. Elle avait une ruine en face de sa cuisine avant, alors elle peut bien supporter des poubelles.

– Sinon, je ferai construire un abri en bois pour que ce soit plus esthétique.

– Non, non, ne vous embêtez pas, assure Aline, je les rentrerai.

– C'est très gentil, dit la voisine, plantée sur ses talons. Vous voulez un café ?

Elle a tout sauf envie de se retrouver dans la cuisine laquée rouge. Au moins, dans la rue, elle est en terrain neutre.

– Non merci.

Léa sort aux nouvelles, curieuse.

– C'est votre fille ?

Elle n'attend pas la réponse.

– Bonjour. Je m'appelle Hélène.

– Et moi Léa.

Jackie Kennedy la scanne de la tête aux pieds.

– Tu as quel âge, Léa ?

– 17 ans.

– Elle passe le bac cette année, se croit obligée d'ajouter Aline.

Sa fille la fusille du regard.

– Ah bon ! En quelle section ? s'empresse de demander la femme.

– Économie.

– Incroyable ! s'émerveille Jackie Kennedy, comme si elle découvrait un Picasso dans son grenier. Mon fils aussi. Paul ! hurle-t-elle aussitôt, viens voir !

Léa guette le portail. Un ado à Essaimcourt, en terminal ES en plus ! Un miracle. Elle avait accroché un vœu sur l'arbre à loques, sans y croire. Elle croise les doigts.

Saint Gilles n'est pas ingrat. Paul a de l'allure.

– Léa est en terminale comme toi, claironne sa mère.

Le garçon lui tend la joue. Elle sent bon. Ses lèvres y déposent un baiser. Il lui en rend deux.

– Vous devriez aller réviser sous l'arbre, propose Aline.

Elles les regardent s'éloigner.

– C'est qui ? demande Mathis par la fenêtre de sa chambre.

Le doigt pointé de Léa l'avertit : pas de corde à Tarzan aujourd'hui.

Hélène est intarissable. Son mari vient d'acheter la maison, principalement pour les week-ends, c'est pratique de Paris, une heure et demie quand ça roule, mais peut-être qu'un jour ils s'y installeront, en attendant Pierre (c'est son prénom) viendra quand son travail lui en laissera le temps, c'est-à-dire presque jamais, il est toujours très occupé. « Et le vôtre ? Lui aussi, je suppose. » Elle espère qu'ils auront le plaisir de le voir, un soir pour dîner peut-être, ou un dimanche de beau temps, elle lui montrera le jardin, ils l'ont entièrement paysagé, elle a hâte d'avoir son avis, ce serait tellement merveilleux que les enfants s'entendent, pour les révisions bien sûr. Puis elle veut tout savoir, l'histoire du lavoir, où étaient les Allemands pendant la guerre, l'origine du nom des rues, du fromage local, s'il y a des paysans bio ou si la médaille d'or du boudin de Mme Tanzer à Clergeons est méritée.

Aline, les deux pieds englués dans sa situation, est sous le charme de ce tourbillon.

Sous l'arbre à Tarzan, Léa et Paul aussi s'apprivoisent. Lui ne la quitte pas des yeux, frôle légèrement sa cheville du bout du pied. Elle fait semblant de ne rien remarquer, le paradoxe d'Anderson sur les genoux.

Après le bac, Paul envisage une année de césure. D'abord six mois à Madagascar, pour aider à équiper les écoles de l'île de Nosy Komba d'ordinateurs à moins de 100 dollars, conçus par les chercheurs du Massachusetts

Institute of Technology. La même volonté d'aller à contre-courant d'un monde égoïste, de se servir de ses connaissances pour aider l'ignorance à reculer, de penser autrement, comme dans l'Atacama. Le garçon est inarrêtable. À terme, le projet prévoit de connecter entre eux les enfants délaissés du monde entier, de Nosy Komba à La Plaine Saint-Denis.

Ils se ressemblent, trouve Léa, la même intuition, le même espoir de changer l'ordre des choses, de les rééquilibrer, d'inventer de nouveaux rapports entre les gens, de les rendre plus équitables, de ne plus être condamnés à ce que leur enseignent leurs professeurs.

Pour le reste de son année sabbatique, Paul a prévu l'Amérique du Sud. Il imagine déjà les Llanos colombiens là où les plaines se transforment en lacs à la saison des pluies, le chemin des Incas agrippé à la crête des Andes dévalant brusquement sur les ruines du Machu Picchu, les dorures de l'opéra de Manaus et les quarantièmes rugissants au large de la Patagonie. Elle a l'impression d'avoir les deux pieds dans les sables mouvants, il l'absorbe, l'entraîne avec lui dans la baie d'Ushuaia. Impossible de s'en dégager. Elle ne remarque même plus Mathis l'abeille qui virevolte autour d'eux. Tout lui plaît, sa façon de passer sa main dans ses cheveux, les mots choisis, ce sourire dans les yeux. Elle est muette de bonheur, bouche bée, il faut qu'elle donne le change si elle ne veut pas lui laisser le souvenir d'un poisson mort. Mais rien ne vient. Elle s'en veut.

– Et tu parles bien anglais ?

C'est tout ce qu'elle a trouvé. Lamentable !

Paul a la délicatesse de ne pas remarquer.

– Pas mal, mais mes parents m'envoient dix jours à Londres en novembre pour me préparer au bac. Tu connais ?

Elle ne connaît même pas Senlis.

– Si tu veux venir, on part de Beauvais.

Elle n'ose pas lui dire qu'elle n'a jamais pris l'avion. Elle se contente de les regarder passer au-dessus de la maison.

Léa s'aperçoit qu'elle n'a toujours rien dit d'intelligent.

– Tu connais *Le Jeu des 1000 €* ? demande-t-elle en tripotant ses doigts.

C'est sorti tout seul. Pire que l'anglais.

– Le truc de France Inter ? s'étonne Paul.

Elle voudrait disparaître.

– Oui. Ils vont bientôt passer dans la région, on pourrait s'inscrire ensemble.

– Pourquoi pas ?

Tout le corps de Léa se détend. Il a l'impression de lui avoir offert un sac en Alexander Wang ou une place pour le concert de Bruno Mars.

– Dis donc, ça te fait un effet, ce jeu !

Elle éclate de rire.

– Je t'expliquerai. C'est un truc de famille.

Il se dit qu'elle est ravissante.

Le soir, Léa raconte Paul à ses parents, l'année de césure, Ushuaia, les quarantièmes rugissants, Londres.

Christophe l'observe, qui flambe de l'intérieur.

– C'est important, l'anglais, en école de commerce, essaye-t-elle.

– *I love you*, se moque Mathis.

Elle lui jette sa serviette à la tête.

– C'est quand ? demande son père.

– Dans dix jours.

Elle le mange des yeux.

Aline va chercher le flan. Elle compte déjà dans sa tête. La prime, moins la télé, moins la barre son, moins l'Angleterre. Ce n'est pas raisonnable mais c'est possible.

Quand elle revient, Christophe a compris. Il coupe les parts et dit oui du regard.

– C'est d'accord, murmure sa mère.

– Quoi ! éclate Léa.

– Pour Londres. C'est une bonne idée.

Léa tape déjà le numéro de Paul sur son portable.

– Je vous adore ! crie-t-elle.

Elle ne voit pas le sourire forcé de son père à sa mère.

Novembre

L'aube redessine l'horizon en lueurs rases et pâles.
Lentement, elles redonnent aux choses leur forme et
leurs couleurs. C'est l'heure de l'ouvrier, du paysan,
des trois-huit. Les autres, les cravatés, les vendeurs, les
caissiers, devront se contenter des rougeurs tape-à-l'œil
de l'aurore, sans se douter un instant de ce qu'ils ont
loupé.

Christophe, lui, explore chaque matin cette crevasse
entre la nuit et la journée. À l'heure des renards, il quitte
Aline toute chaude sous les draps comme une madeleine
à peine démoulée, puis, avant de se brûler les doigts à la
sortie des fours, les passe délicatement dans les cheveux
des enfants, couchés sur le ventre, les bras tombant du
lit, et part se fondre dans l'obscurité presque vaincue.

Sur la route de la plaine, chaque ombre lui est fami-
lière : les chevreuils, les busards ou ce trou dans les maïs,
trop large pour être l'œuvre d'un sanglier – on dirait la
marque d'une voiture, des jeunes sans doute, venus

s'ébattre dans la fumée d'un joint. Il s'arrêtera ce soir, ce matin il est pressé par un rendez-vous avec le coordinateur.

Au loin, d'autres damnés roulent vers Beauvais en rêvant à la mer, striant la nationale de leurs phares.

Hier, Léa a pris l'avion pour Londres, le regard incrusté dans celui de Paul. Ceux-là lui rappellent ses 20 ans, les plans tirés sur la comète main dans la main avec Aline, leurs espoirs d'horizon sans fin, de vie jamais bouclée. Finalement leur grand huit s'est transformé en petit train-train, leurs rêves comme leurs corps ont rétréci, mais ils sont restés amoureux, corrigeant leur vision du bonheur chaque fois qu'elle baissait pour ne jamais se perdre de vue. Sans Aline, il ne verrait sans doute que d'un œil.

Depuis deux jours le chômage a éraflé son indestructible optimisme. D'habitude elle ne marque pas, ou à l'intérieur, là les bleus sont visibles, le coup l'a surprise, elle est pliée en deux, un premier K-O après quarante-deux ans de victoires, pas de grands combats mais tous gagnés : le BEPC, l'embauche, le permis, le mariage, le crédit et surtout Léa et Mathis, même si dans ce dernier round elle a été comptée jusqu'à huit, un genou à terre, sonnée par l'annonce brutale de la maladie.

Christophe passe devant la grille de l'usine et rejoint le bloc de la direction, un bâtiment carré et discret à l'arrière des cheminées. Les chefs d'équipe enfilent leur blouse et servent des espressos mousseux. À l'atelier, les ouvriers font la queue devant des distributeurs automatiques ; c'est payant et ça sent moins bon. « La lutte des tasses ! » plaisantent les syndicats.

Ricardo, le coordinateur, l'attend. Il est portugais, son père a traversé à pied les montagnes du Douro pour fuir la dictature de Salazar et se réfugier en France. Il l'a vu s'user les mains à monter des murs, alors il a choisi l'usine. Comme le café du distributeur, ça paye mieux mais ça sent moins bon.

– Tu as cinq minutes ? demande Christophe.

Ricardo cherche une cigarette.

– J'allais sortir fumer.

Dehors c'est l'aurore, l'heure des cravatés.

– J'ai besoin de travailler quelques nuits.

Le coordinateur tire une longue bouffée. Dans la journée elles lui seront comptées.

– Une galère ?

Ils se comprennent avec peu de mots.

– Ma femme.

– Elle est chez Wooly ?

– Oui.

Ricardo lui tend sa cigarette. Christophe ne résiste pas.

– Je peux t'en proposer deux ce mois-ci.

Il en espérait plus.

– C'est tout ?

– Malheureusement, tu n'es pas le seul.

– Des Wooly aussi ?

– Tous.

– Et les week-ends ?

Le coordinateur consulte le calendrier de son téléphone.

– Deux aussi.

Christophe fait ses comptes. Ça compensera pour ce mois-ci.

– Si tu en as d'autres, tu penses à moi, d'accord ?

Ricardo fait une tête de croque-mort.

– Il y a un problème ?

– Écoute, ici aussi c'est compliqué, lâche-t-il en écrasant son mégot.

– Qu'est-ce que tu veux dire ?

– Je n'ai pas le droit d'en parler.

– Arrête tes conneries...

Ricardo hésite.

– Il paraît qu'on est vendus.

– Univerre ?

– Oui, tout le groupe.

Christophe s'insurge :

– Mais ils ont publié les résultats le mois dernier, on fait des bénéfices !

– Ce n'est pas le problème. Les Américains veulent passer à autre chose.

– Et ça les prend... comme ça ?

– La logique des fonds de pension, Christophe. On n'y peut rien. Ils sont intéressés par la visserie d'aviation, aujourd'hui, l'outil industriel ici est vieux, il faut beaucoup d'investissement.

Dehors la sirène hurle l'embauche.

– Mais merde! Fallait y penser avant! On a encore vingt-cinq ans à tirer, nous, et presque autant de crédit.

Ricardo le rassure:

– Écoute, rien n'est encore sûr.

Au pied des cheminées la cour se remplit d'ouvriers.

– Tu sais qui nous rachète?

– Les Chinois sont bien placés, paraît-il.

À son tour, Christophe est emporté par les quarantièmes rugissants. Il y a décidément beaucoup de monde ces jours-ci au large de la Patagonie. Il pense à l'usine de bus électriques installée par un industriel de Shanghai près de Beauvais, où les cadres chinois comptabilisent les pauses pipi.

– Je croyais qu'on avait aboli l'esclavage... Tu sais ce que me racontait mon père?

Ricardo sourit, il connaît l'histoire par cœur.

– La même chose que le mien: qu'à l'école, à son époque, on demandait aux enfants d'envoyer du riz là-bas pour ne pas les laisser mourir de faim.

Christophe remonte le col de son blouson.

– Et tu vois où ça nous a menés... Ce sont eux qui nous donnent la becquée aujourd'hui!

Il aimerait rembobiner la journée, reprendre la route de la plaine, caresser les cheveux des enfants, se glisser sous les draps contre le corps chaud d'Aline, renouer avec leurs rêves de grand huit, oublier le train-train, découvrir des horizons sans fin.

Devant l'usine, la nouvelle a mis le feu aux grilles. Les piquets sont déjà plantés, casquettes et drapeaux aux couleurs des syndicats, CGT en tête, une centaine d'ouvriers, les trois équipes du matin, plus ceux de la débauche.

– Salut, Christophe.

Kilian est monté sur ressort.

– Tu es au courant ?

Kilian a la silhouette d'un frappeur, petit et trapu. Ils ont eu la même fiancée au collège et échangé quelques coups de poing sur les bancs du lycée. Un perpétuel fouteur de bordel, sympathique mais emmerdeur, même enfant de chœur il s'est débrouillé pour faire grève un dimanche, prétextant être en sous-effectifs lors de la grand-messe de Pâques, réclamant assis en aube sur les marches de l'église l'embauche immédiate d'un autre servant d'autel, de préférence une fille pour la parité. Le curé l'a chassé du temple à grands coups de pied dans le derrière, alors Kilian a abandonné la tenue blanche pour le foulard rouge et rejoint les Jeunesses communistes par l'intermédiaire d'une rousse du nom d'Aragone équipée comme un camion de la CGT.

– Tu veux dire pour les Chinois ? répond Christophe. Oui, on vient de me l'apprendre. Mais il paraît que rien n'est sûr.

– Et qu'est-ce que tu en penses ? insiste Kilian.

Toute son équipe l'a rejoint. Douze hommes, des bosseurs : conducteurs de four, ajusteurs, pilotes, verriers. Trois siècles d'usine à eux tous.

Christophe sait combien ils attendent de lui. C'est son boulot de les motiver, chaque jour, sans les prendre de haut, sans abuser de son pouvoir, comme un dompteur fait se dresser les fauves, de leur ordonner d'exécuter parfaitement, malgré le bruit et les douleurs, ce qu'il ne fait plus lui-même, parce qu'il a été choisi pour sortir du rang, pour être l'huile entre eux et la direction, pour éviter les frottements. À lui de gérer les changements de cadence, les avancements, les jours où rien ne va, un pied dans l'atelier, l'autre avec les cadres, beaucoup de responsabilités pour peu de salaire en plus, le grand écart permanent, comme aujourd'hui où tout le monde compte sur lui, les uns pour obliger les gars à retourner aux fours, les autres pour qu'il s'enchaîne aux grilles avec eux en signe de solidarité.

Égoïstement, Christophe penche dans le camp des premiers. Avec Aline au chômage et Léa en Angleterre, il a désespérément besoin d'un salaire. D'après les syndicats, un autre repreneur est sur les rangs, un Brésilien. Le Nouveau Monde à l'assaut de l'Ancien, une « remontada » des perdants, comme au foot.

Aucun des deux candidats n'envisagerait de garder toute l'activité. La production des bouteilles de luxe ne bougerait pas d'ici, le reste, le tout-venant, serait fabriqué à Dubaï par des esclaves pakistanais, privés de passeport et entassés dans des dortoirs. En tout, deux cents postes disparaîtraient dans les sables de l'Émirat. Chacun a en tête les larmes d'une Aline. Certains menacent d'arrêter les fours.

– La seule arme des ouvriers, c'est la grève! hurlent-ils.

Kilian en rajoute :

– Vivre sans usines, c'est vivre sans poumons. C'est par là qu'un pays respire, les gars. Sans elles il s'essouffle, contraint d'être en permanence sous assistance. La désindustrialisation, c'est le cancer.

D'autres proposent d'attendre, de voir venir, c'est bientôt Noël, la liste des cadeaux est déjà établie. Christophe prie pour que ça ne bascule pas du côté des gueulards.

La CGT hésite, essaye de sentir d'où vient le vent, avec la peur de parier sur le mauvais cheval. Les Américains du fonds de pension sont des cow-boys, ils n'hésiteront pas à encercler le convoi, à l'affamer, à obliger les derniers Mohicans à se rendre, à accrocher chaque scalp d'ouvrier aux grilles, parce que chaque usine doit rapporter toujours plus, pour que les retraités américains ne finissent pas abandonnés dans leur jardin comme de vieux Inuits devenus inutiles, affamés sur la banquise. Il faut qu'ils puissent continuer à se payer leurs bilans de santé et leurs cours de golf.

Depuis la fermeture de Goodyear, le message est gravé sur chaque four, sur chaque machine : quand l'herbe n'est plus assez verte, les fonds lèvent le camp et vont s'installer ailleurs, toujours plus à l'Est. Aux ouvriers français de se laisser tondre au plus court pour que les actionnaires puissent continuer à putter sur les greens.

– Alors ? insiste Kilian.

– Il faut reprendre le travail, les gars, finit par dire Christophe pour sauver son scalp. On ne peut pas décider d'une grève comme ça.

Yanis, un grand blond de la CGT au cou tatoué d'un serpent, décide de prendre le train des raisonnables :

– On est d'accord, c'est plus prudent d'attendre. Laissez-nous rencontrer la direction et vous tenir au courant.

Les haut-parleurs appellent à l'embauche et mettent fin aux débats. Kilian l'emmerdeur serre les dents. Le Père Noël a gagné.

À l'intérieur des ateliers, les fours continuent leur lente ingurgitation de sable, des tonnes et des tonnes versées dans leurs entrailles par d'interminables tapis roulants, en perpétuel mouvement, comme si rien, ni aucun syndicat ni aucune occupation, ne pouvait les arrêter. À l'inverse de la digestion chez l'homme, les monstres ingèrent de la matière informe et restituent de délicates perles de verre en fusion.

Christophe n'a jamais trouvé aussi gracieuse la chorégraphie métallique des machines tournant et retournant les bouteilles chauffées à blanc de leurs pinces d'acier. Sans doute la peur de ne plus assister au spectacle. Elles montent et descendent, glissent de goulotte en goulotte, épurant leur ligne d'un moule à l'autre pour défiler, cristallines et pures, longues et fines, sous l'éclairage des scanners de contrôle avec la grâce de danseuses de cabaret en plein tableau final.

Tout autour des fours, ses gars s'activent. Chacun maîtrise un geste à la perfection. Aucun n'est suffisant mais tous sont indispensables. Il est fier d'être le chef d'orchestre de ce ballet d'artistes en bleu de travail.

Nul dans le fracas des machineries ne peut imaginer la délicatesse et la précision des mains qui font naître du feu autant de grâce. Il faut dix ans à un doreur avant d'avoir le droit de tracer à l'or fin le trait qui soulignera le goulot d'une carafe. Dix années d'apprentissage pour cinq secondes de perfection. Christophe en a chaque fois les larmes aux yeux. Il est amoureux de son usine. La fermer, ce serait lui arracher le cœur, et aujourd'hui, à son âge, dans l'Oise, il le sait, aucune greffe n'est possible, il n'y a plus de donneurs d'ordre, les seuls à faire repartir le cœur des chômeurs sont les restos du même nom, et toujours quand il passe devant, il prie pour ne jamais devoir s'y arrêter.

À la pause, il abandonne le coin des gamelles et des clopes pour téléphoner à Aline du banc des vieux en face de l'usine, là où les anciens viennent assister à la sortie comme à une messe.

– Tu fais quoi ? demande-t-il.

– Je suis sur la route de la plaine, je dessine.

Sa voix le rassure.

– Et toi ?

– Je suis devant l'usine.

– Alors vas-y d'abord.

– D'accord. Qu'est-ce que tu vois ?

Depuis des années ils s'amusent à être les yeux l'un de l'autre. Adolescents, ils s'appelaient de leurs campings respectifs pendant les vacances pour s'inviter à découvrir les douches et les couchers de soleil. Une fois, Aline lui a téléphoné en larmes de chez ses parents après une brouille d'amoureux. « Je ne vois que toi, tu es partout », sanglotait-elle. Depuis ils ne se sont plus jamais fâchés.

– Alors ?

– Je vois les chevreuils.

– À cette heure-ci ?

Elle ment. Elle est encore dans les maïs, loin du monde.

– Et toi ?

– Les fumées des fours, elles ont tes courbes.

Elle ne répond pas. Depuis la sentence elle se trouve laide, balafrée par le chômage, professionnellement violée, coupable d'avoir accepté le pire, de s'être laissé abuser sans rien dire. Deux ou trois fois elle a reculé devant ses caresses. Il va lui falloir du temps, elle a été violentée, aucune indemnité ne peut soulager ce traumatisme-là.

Sur le banc les anciens ont gravé au couteau la date de leur départ à la retraite. Plus personne n'est sûr d'y inscrire la sienne. Il change de sujet.

– J'ai vu le coordinateur, ce matin, c'est d'accord pour deux week-ends et deux nuits ce mois-ci.

Elle ne dit rien mais il la sent soulagée.

– Peut-être même une ou deux supplémentaires.

Elle n'ose pas se réjouir : ça va être du travail en plus pour lui. Il la connaît par cœur.

– Ne t'inquiète pas, c'est une équipe formidable, il n'y a presque rien à faire.

Il devine son soupir.

– Merci. J'avais tellement peur qu'on manque d'argent pour les enfants, ça va me laisser le temps de voir venir.

Elle triture les annonces du *Courrier de l'Oise*. Encore dix pour rien.

– Je cherche, tu sais.

Elle se croit responsable de tout : d'avoir perdu son travail, de ne pas en trouver un autre, de l'obliger à faire des heures supplémentaires, d'avoir prolongé leur crédit, elle n'aurait pas dû, sa promotion était une erreur, elle n'a pas été à la hauteur, ils s'en sont aperçus, elle ne vaut rien, ni comme ouvrière, ni comme mère, ni comme épouse. Tout ce qui la portait hier l'enterre aujourd'hui, ils l'ont blessée si profondément. Lui essaye d'arrêter l'hémorragie :

– Écoute-moi bien : rien n'est de ta faute. Ces connards ont choisi des machines au hasard, c'est tout. On va ramer quelques mois, les enfants ne vont s'apercevoir de rien et tout va reprendre comme avant, peut-être en mieux, même. Ces salauds t'auront rendu service finalement. Tu m'écoutes ?

Elle regarde ses yeux rougis dans le rétroviseur.

– Oui.

La voix de Christophe se fait plus ferme.

– Tu te souviens des Baléares et du voyage en avion où tu as cru disparaître à cause des trous d'air ? Eh bien, c'est pareil. Tu m'as fait confiance, tu m'as ruiné la main avec tes ongles, mais tu t'es vidée la tête de toutes ces conneries de films catastrophes et au final, là où tu croyais mourir, qu'est-ce qu'il y avait ?

Elle hésite.

– Qu'est-ce qu'il y avait, Aline ? insiste-t-il.

– La plage, bredouille-t-elle.

Il la reprend :

– Non, Aline, pas la plage... Une putain de plage comme tu n'en avais jamais vu !

Elle rit pour la première fois.

– Je veux te l'entendre dire.

– Quoi ? fait-elle semblant de ne pas comprendre.

– Ce qu'il y avait à la place de tes idées noires.

Elle hésite encore.

– Allez !

– Une putain de plage ! crie-t-elle.

– Je n'entends rien.

Elle s'égosille :

– Une putain de plage comme je n'en avais jamais vu !

C'est le plus fort du monde. Elle l'adore.

Il l'entend démarrer et lui demande où elle va.

– Courir les soldes, chante-t-elle.

– Mais on est en novembre, chérie.

– Alors juste les magasins !

Aline allume la radio. Il reconnaît la voix rayée de Vianney. « Mais t'es pas là, mais t'es où ? (pas là)... » Machinalement il cherche son téléphone. C'est idiot, il parle dedans.

– Et tu sais quoi ? lui demande Aline.

– Non.

– Je me demande si je ne vais pas m'acheter de la lingerie.

Les sirènes appellent au travail. Christophe n'a pas touché sa gamelle. Il n'a pas bougé de son banc, mais brusquement il a l'impression de descendre de l'avion, ébloui par le soleil des Baléares. Il raccroche.

D'abord il croit que les gars n'ont pas entendu la sonnerie. Puis il remarque Kilian accroché aux grilles. La cour grouille de drapeaux et de palettes entassées. Les gars campent partout. C'est comme une reprise d'incendie, un à un les raisonnables s'embrasent. Les syndicalistes essayent tant bien que mal de circonscrire les revendications mais Kilian attise le feu :

– C'est maintenant qu'il faut agir, pendant qu'on appartient encore aux Américains. Vous voulez finir comme les Goodyear! Il y a déjà eu trois suicides depuis la fermeture.

Noël s'éloigne lentement. Christophe sent le danger et tente de ramener le traîneau.

– On en a déjà parlé ce matin, les gars, on était d'accord pour attendre. Qu'est-ce qui a changé depuis? Rien. On n'est même pas sûrs qu'ils veuillent vendre.

Les sifflets éteignent sa voix. Devant la bronca, les syndicats lâchent leurs lances à incendie et rejoignent les flammes. Kilian souffle ses slogans sur les braises:

– Ce n'est pas le travail qui coûte cher, c'est l'actionnaire. C'est lui qu'on engraisse, et il ne sait même pas situer Clergeons sur une carte. Pour lui, nous ne sommes qu'un chiffre dans une colonne. Il faut lui montrer qu'on existe avant qu'il nous efface.

Brusquement, le brasier saute la cour et enflamme les ateliers. L'incendie se répand. Les revendications crépitent de partout. Les visages sont cramoisis.

– On robotise les postes les plus faciles et on achève les ouvriers sur les autres!

– Plus de cadence après 55 ans!

– À ce tarif-là, on ne fait que rembourser nos crédits!

Kilian multiplie les mises à feu:

– C'est pour ça qu'il faut occuper. On ne vend pas une usine en grève!

Christophe, encerclé, comprend qu'il ne s'en sortira pas. La situation a basculé. Tout le monde se met à croire à l'autre Père Noël.

– C'est le travailleur qu'il faut augmenter, pas le capital !

– Ils vont se servir des intérimaires pour baisser encore les salaires !

– La liberté et la fraternité on s'en occupe, c'est la légalité qu'on veut !

Même ceux qui ne sont qu'à quelque mois du banc des vieux rejoignent les incendiaires :

– Il faut donner un autre avenir que l'usine à nos petits-enfants.

– Ça fait trente ans qu'on brûle devant les fours, on mérite d'être mieux traités.

– Qui vote pour la grève ? demande soudain Kilian.

Une forêt de bras s'élève, comme des piques.

Brusquement, la mousson s'abat sur les Baléares.

– Aline ? Mathis ?

Quand il rentre, la maison est déserte.

– J'essaye mes soldes, chéri, j'arrive.

La voix est chantante.

Il traverse le salon et pousse la porte de la chambre.

Penchée devant la glace elle enfile une culotte de dentelle blanche avec trois perles discrètes cousues sur le devant puis couvre ses seins d'un soutien-gorge bandeau de la même transparence, laissant entrevoir tous les bonheurs auxquels il a déjà tant et tant goûté.

– Alors ? demande-t-elle en se retournant et en prenant une pose de magazine.

Il est ému. Tant de beauté après tant d'agressivité.

– Tu es magnifique.

Elle s'approche, le regarde, dévorante, et l'enlace.

– C'est grâce à toi, mon amour. Je crois bien que j'étais en train de me taper une petite dépression.

Elle cherche ses lèvres. Cette fois, c'est lui qui l'évite. Il a encore le goût des slogans dans la bouche.

– Tu as eu une mauvaise journée ?

Il prend la présence de Mathis comme un prétexte pour reculer le moment de lui parler.

– Ne t'inquiète pas, je l'ai laissé à maman pour la nuit, le rassure-t-elle en l'entraînant sur le lit. Là, on est tous les deux, sans personne.

Le corps d'Aline remonte le sien, l'effleure sans bruit avec la grâce d'une pirogue. Il sent le rang de perles rouler sur sa peau. Elle pioche dans ses cheveux et guide sa tête jusqu'à la dentelle. Elle a l'odeur du neuf. À travers un entre-jour, il l'aperçoit et le libère de sa gangue de tulle. Ses doigts ont encore la chaleur des fours.

Il fait les gestes qu'elle aime mais son esprit est ailleurs. Aline ne se rend compte de rien. Son corps se tord et se détend, s'arc-boute, explose, se recroqueville puis s'ouvre encore. Christophe a l'impression d'avoir toute l'usine dans son lit, les cris des grévistes s'entremêlent à ceux d'Aline. Comment lui parler de sa journée, elle est si contente de la sienne ? Et si la grève durait et foutait tout en l'air, leur fragile équilibre, le bac de Léa, le traitement de Mathis ? Il voudrait les corriger, tous,

Kilian et les autres. Dans sa tête il distribue les coups, de plus en plus secs, de plus en plus violents en même temps qu'il force ceux de ses reins, et bientôt les hurlements d'Aline couvrent le vacarme des ateliers.

Après, il n'ose rien lui dire non plus. Il la regarde, échouée sur le ventre, nue, une jambe repliée en moitié de guillemet, la tête dans les bras, sa culotte de perles dépassant de sous son épaule, le sourire encore marqué.

Il attend l'aube, puis ferme la porte derrière lui, et rejoint l'usine en espérant que les gars aient retrouvé la chaleur des fours.

Quand il arrive, la cour est déserte, à l'exception d'un cabriolet Audi noir, immatriculé 75, aux sièges en cuir d'agneau beige clair, avec, posé sur la plage arrière, un casque de chantier au logo d'Univerre.

Dans l'atelier, un costume de lin gris à deux boutons s'agite au milieu des bleus de travail. À l'intérieur, un homme d'une quarantaine d'années, à l'allure soignée, avec un faux air du docteur Shepherd dans *Grey's Anatomy*, affronte Kilian et les sept mercenaires du piquet de grève. Le médiateur dépêché par Paris. C'est son baptême du feu. Si les grévistes rentrent calmement dans leurs box, la ligne vaudra de l'or sur son CV. Au cœur de l'arène, il s'apprête à combattre tous les minotaures, à les terrasser, peu importent les dommages collatéraux, les familles sur le carreau, les blessés et les morts, il est venu chercher l'immunité, brandir son trophée pour pouvoir passer à la prochaine épreuve, sans états d'âme. Si ce n'est lui, d'autres sonneront la charge et monteront à l'assaut. Tous les grands groupes regorgent de bataillons de jeunes soldats qui veulent devenir généraux. Mais avant de gagner des étoiles ils doivent faire leurs classes. À l'armée, ça veut dire nettoyer les chiottes, monter une première embuscade avant de planifier un Oradour, un My Lai ou un Srebrenica. En entreprise, il faut apprendre à briser une grève, monter une OPA, enfin délocaliser sa première usine. C'est pour ça que dans son costume gris le grand échalas s'agite en moulinant des bras : pour rentrer au siège en brandissant la bannière arrachée aux rouges et déclarer la victoire des jaunes, les seuls ouvriers qui vaillent.

C'est la première marche vers le sommet. L'homme est un *serial cost killer*, formé par le repreneur pour les exterminer, un bonimenteur d'ouvriers tout en promesses d'avenir jamais tenues, comme un jeu à gratter.

Christophe se fraye un chemin parmi les casques et les bleus de travail jusqu'à Kilian.

– C'est qui le Roméo ?

– Hobileau, le représentant de l'actionnaire. Il est tombé du nid ce matin, en costume et en mocassins.

– Il est à la rue ou quoi ! Garer son Audi à côté des pneus et des jerricans !

Kilian lui adresse un regard désespéré.

– Ce n'est pas la sienne, d'Audi, c'est la nôtre. Tu la brûles et tu lui en payes une autre. C'est ça, le gagnant-

gagnant. Ses Weston à glands, c'est tes congés payés et ton treizième mois en même temps.

Hobileau fait taire tout le monde.

Il a l'assurance de ceux qui ont toutes les cartes entre les mains. La morgue des bien-nés.

– D'abord, je voulais vous dire combien je suis fier de notre usine. Nous faisons un métier difficile mais formidable.

Comme un coucou, en une phrase il a quitté le confort de ses mocassins pour leurs chaussures de travail.

Christophe le sent, il n'a peur de rien, ni de leur colère ni du ridicule, il a l'efficacité redoutable de ceux qui ont été choisis pour leur fidélité à toute épreuve plus que pour leur intelligence, capables de dégraisser un effectif comme on écaille un poisson. C'est un mercenaire, il épouse les convictions de ses employeurs, insensible aux regards affolés des victimes, passant d'un champ de bataille à un autre avec le cynisme de celui pour qui seuls les ordres comptent.

– Chaque fois que je déjeune avec des investisseurs, pour essayer de trouver des solutions à nos problèmes, continue Hobileau, il y a toujours un moment où l'une de nos bouteilles arrive sur la table, et c'est comme si vous étiez avec moi.

– Sauf que nous on bouffe à la cantine ! râle un type du four numéro quatre.

– Et de quels problèmes on parle ? embraye un autre. Je croyais que la boîte faisait des bénéfices.

112

Hobileau tire délicatement sur ses manches.

– Bien sûr, nous gagnons de l'argent, et il n'y a aucune honte à ça, au contraire, c'est ce qui nous fait vivre tous, vous et moi. Mais c'est justement quand votre fille est belle et mince qu'il faut penser la marier.

La standardiste siffle et le traite de macho. Hobileau arrose la foule d'un sourire satisfait.

– C'est vrai, avoue-t-il, nous cherchons de nouveaux actionnaires, mais c'est pour vous donner les moyens de mieux travailler. Ne gâchez pas nos efforts. Vous savez ce que nous coûterait une grève et ce qu'elle vous coûterait. Je vous demande de nous accorder votre confiance.

Kilian n'en revient pas.

– C'est qui, ce ventilateur ?

Christophe regarde le grand échalas brasser de l'air.

– Je n'ai pas bien compris. Je crois qu'il va venir ici deux ou trois jours par mois pour suivre le dossier.

– C'est toujours pareil : on connaît le métier des pauvres et jamais celui des gros salaires.

Alors, sans élever le ton, seul devant tous, le mercenaire les met en joue :

– Vous n'avez aucune raison de bloquer l'usine. Il faut reprendre le travail. Je ne vous prends pas en traître : aucune journée de grève ne sera payée.

Les mots font l'effet d'un brutal refroidissement. On peut compter les respirations en les regardant fumer tant l'ambiance est glaciale. Les gars cherchent leur badge de poste pour relancer les machines. «Hobileau va peut-être endiguer le tsunami », se dit Christophe. Un espoir d'une seconde seulement. De derrière son épaule, Kilian rugit un « Enculé ! » digne du Parc des Princes, repris aussitôt en chœur par tous les bleus de travail, avec la rage de ceux qui savent qu'ils vont être fusillés. Le ventilateur fait quelques mouvements inutiles des bras, toussote, puis s'arrête, en panne de mensonges devant autant de sincérité.

Les grévistes viennent de définitivement enterrer le Père Noël. Il va falloir annoncer à Aline qu'il n'y aura pas de sapin cette année.

Elle a beaucoup pleuré, comme le matin de l'enterrement de Staline. D'interminables sanglots, un chagrin sans fond où Christophe l'a laissée se noyer parce qu'il faut bien ménager un chemin aux sources de la tristesse, sinon elle stagne à l'intérieur en une mare de sentiments croupis et nauséabonds. Puis, asséchée, elle lui a demandé un mouchoir, s'est redressée sur sa chaise et lui a dit en s'essuyant les yeux : « Je crois qu'il faut revoir les comptes, chéri. »

Christophe a sorti le crayon de la boîte de *Scrabble* et ils ont aligné les chiffres sur deux colonnes inégales. Celle des recettes, maigre des 960 euros mensuels des allocations-chômage d'Aline et du 0 pointé des revenus de Christophe tant que durera la grève ; et celle des dépenses, longue comme le bras d'un franc-maçon : 2 950 euros au total en comptant le crédit de la maison,

celui de la voiture, le gaz, les courses, le budget vêtements, feu celui des loisirs, les assurances diverses,
l'électricité, les taxes foncières, les impôts et le budget
vacances, sans envisager de pépins ou d'imprévus.

Un instant, ils se sont laissés tous les deux couler,
happés dans le tourbillon des chiffres, incapables de
réagir, puis Christophe est remonté le premier à la surface.

– Alors, on supprime quoi ?

– Les crédits. J'irai à la banque demain leur demander
de nous accorder un report. Ça fait 1 100 euros pour la
maison et 300 pour la voiture.

– Il en manque 590.

– On réduit le chauffage et les courses de moitié, ça
fait 400.

Elle hésite.

– On ferme le compte épargne et on oublie les
vacances.

Christophe reporte les chiffres sur la feuille de jeu
d'un jour où ils avaient laissé Mathis gagner en lui souf-
flant « klaxonner » en mot triple.

– On est presque bons.

– Et on ressort les vélos, aussi, ça nous fera du bien.

Il repose le crayon. En deux colonnes ils sont passés
de la classe moyenne au surendettement, rejoignant les
statistiques et les 9 millions de pauvres qu'ils regar-
daient avant, sans y prêter attention, traverser l'écran de

leur salon, un verre de blanc à la main pour évacuer la fatigue du travail.

Ce soir, plus de vin et plus de boulot, ils sont au bord du vide, la véritable chute ne commencera que demain.

– Tu sais ce qui me ferait plaisir ? dit-elle soudainement.

– Non.

– Que tu ouvres la bouteille de meursault qu'on gardait pour la fin du crédit.

Il se lève et s'en va la chercher.

– Je propose de fêter Noël en novembre.

Il revient les bras chargés.

– J'ai une bonne nouvelle !

Elle lève la tête.

– La grève est terminée ?

– Non. Mais j'avais prévu deux bouteilles et il nous reste un foie gras.

Elle désencombre la table du salon.

– On va s'offrir une dernière soirée de riches avant de devenir pauvres. On se minera demain.

Le bouchon fait un bruit moelleux.

– Alors meursault et foie gras, et si tu as encore faim après je t'emmène au restau.

Il l'embrasse, s'assoit et les sert.

– À tout ce qui nous a rendus heureux et que nous ne pourrons plus nous payer !

– Attends ! crie Aline.

Elle allume deux bougies.

– À nos forfaits illimités !

Ils lèvent leurs verres.

– À l'essence que tu laissais toujours déborder du réservoir.

Elle goûte le vin.

– Waouh ! On a bien fait de ne pas attendre quinze ans.

Christophe garde sa gorgée en bouche, l'avale et acquiesce.

– Aux putains de plages des Baléares !

Il la ressert.

– À ma coiffeuse, qui ne verra jamais plus la couleur de mes racines !

– À notre abonnement Canal+ !

Il hésite.

– Et aux pornos du samedi soir !

Elle lui jette un coussin au visage.

– Salaud ! Tu regardais ?

Le deuxième bouchon fait un bruit plus sec.

– En parlant de cul, dit-elle, je voudrais porter un toast à cet enculé…

Elle cherche son nom.

– Comment s'appelle-t-il, déjà ?

Christophe pose son verre et mouline des deux bras. Elle éclate de rire et remplit le sien à nouveau.

– Qu'est-ce que tu fais ?

– Le ventilateur.

Elle se lève et brasse aussi l'air.

– Il s'appelle Hobileau.

– Alors à cet enfoiré d'Hobileau qui enterre ce soir notre bonheur !

Le meursault produit son effet. Christophe a du mal à se mettre debout.

– Je te promets, chérie, d'aller moi-même le sortir du trou.

Le lendemain matin, elles sont sept femmes devant la banque, des doubles peines, toutes des Wooly licenciées en couple avec un Univerre en grève.

L'hôtesse les fait patienter dans des fauteuils inconfortables et débarrasse discrètement la table des publicités auxquelles elles n'ont plus droit : prêts à la consommation, abonnements téléphoniques, assurances-vie, télésurveillance, crédit immobilier.

– M. Frizon va vous recevoir, leur annonce-t-elle avec une dose de compassion, visiblement informée de leur situation.

Les autres employés, dans leurs box en verre, les dévisagent comme des taureaux entrant dans l'arène, avec la peur qu'un jour un algorithme, sans horaires ni salaire, prodigue cent fois plus vite qu'eux de biens meilleurs conseils et les envoie à leur tour face au matador.

M. Frizon est un homme gris de la tête aux pieds. Aline le connaît bien, elle possède un compte dans la même agence depuis vingt ans, mais plus assez d'argent aujourd'hui pour lui arracher un sourire.

– Je n'ai pas beaucoup de temps et je ne peux recevoir qu'une seule d'entre vous.

Le regard des autres la désigne. Le grisâtre l'emporte dans une cage en verre plus grande que les autres, sans vis-à-vis, avec un store à fines lamelles pour protéger son intimité et voir sans être vu, seul privilège de sa fonction de directeur d'agence, à part ce genre d'emmerdements de plus en plus fréquents.

– Je vous écoute, dit-il.

En fait, il ne l'écoute pas, il a déjà sa réponse. *Non*, il est impossible à son établissement de reporter les échéances, un prêt est un prêt, c'est un engagement de part et d'autre. Il est navré, elles auraient dû prendre une assurance-chômage, d'ailleurs il leur conseille à toutes d'honorer leur part du contrat, en ce moment le siège est à cran et envoie les huissiers à la première traite non payée, le secteur bancaire est fragile, les établissements de détail vont mal, la digitalisation ne va rien arranger, leur disparition est programmée, une catastrophe de l'ampleur de celle de la sidérurgie, des dizaines de milliers de salariés bientôt licenciés...

– Alors vous comprenez, aucune banque ne peut plus se permettre ce genre de chose.

Non, elle ne comprend pas. Elle n'a jamais eu de découvert, les autres non plus, elles demandent juste un peu d'air, surtout pour leurs enfants, deux trois mois pas plus, le temps de se remettre de leur double condamnation, pas de quoi couler le secteur bancaire, il pourrait se mettre une seconde à leur place au nom de toutes ces années de fidélité.

Il est désolé, peiné, confondu, il ne peut pas, ce n'est pas son métier, même s'il le voulait il n'a aucune marge de manœuvre. Le chômage est un drame pour les banques aussi, à qui croit-on que les 3 millions de demandeurs d'emploi doivent de l'argent ?

« Qu'il aille se faire foutre ! » pense-t-elle très fort.

Il joue avec ses trombones. Comment peut-on encore avoir besoin de ce genre de trucs à l'époque où les pièces jointes s'envoient en un clic ? Pas étonnant que les banques aillent mal, avec du matériel et des types d'un autre âge. Elle sort son ultime argument :

– Ma fille passe le bac cet été, monsieur Frizon.

Il baisse la tête sur ses gros doigts sans répondre.

Elle déplie un papier de sa poche et le lui tend. Il y est écrit : *Deux cent quatre-vingt-deux mille euros.*

– C'est quoi, ça ?

– Le montant de tout ce que vous ont déjà rapporté nos sept prêts.

Il hausse les épaules. Elle entend : « Pauvre conne ! »

Il le dit autrement en se levant :

– Ça ne marche pas comme ça, madame.

De l'autre côté de la vitre, les autres filles ont compris. Elles ramassent leurs affaires. L'hôtesse d'accueil a l'air encore plus triste qu'elles. Sans doute à cause du tremblement de terre qui attend son secteur. Elle a l'âge d'internet pourtant, pas des trombones. On lui avait promis un emploi chiant mais stable en échange d'études chiantes mais courtes. L'obsolescence, encore et toujours.

Frizon ouvre la porte de sa cage. Aline se retient de le gifler.

Dans les box en verre, personne n'agite de mouchoirs blancs. Le matador n'a pas été à la hauteur de ses taureaux. Il aurait pu les gracier.

Juste avant de sortir, il la retient.

– Je voulais vous dire, madame, pour votre fille...

– Quoi ? aboie-t-elle.

– Essayez juste de ne pas la perturber avec tout ça. C'est un conseil.

Sa main part toute seule et une volée de trombones s'abat comme des banderilles sur l'homme gris.

Elles se font la bise sur le trottoir. Elles n'ont plus que ça.

Aline appelle Christophe et annonce leur mise à mort. Il voudrait qu'elle lui apporte des sandwichs à l'usine. Jamais elle n'a fait de tranches de rillettes aussi fines.

Derrière les grilles, entre grévistes, presque grévistes et non-grévistes, le mélange est explosif. La nouvelle du refus de la banque allume la mèche. Les esprits s'échauffent. Kilian en vient aux mains avec le tatoué de la CGT et lui fait un œil à la couleur de son parti. Staline avait raison, la terre reste mais les usines partent. Elles ne poussent qu'une fois et n'engraissent que ceux qui les possèdent. Son père n'aurait jamais dû vendre, regrette Christophe. Il se souvient de la chênaie et des truffes à l'endroit des cheminées, du ruisseau enterré pour alimenter en eau les machines où il attrapait des écrevisses à pattes rouges qu'il entraînait à la course, de sa cabane ensevelie sous le bâtiment de la direction où il venait se donner le courage d'affronter les colères de son père, là où est inhumé son lapin Rambo, un garenne, attrapé au collet et rendu sociable et fidèle à force de patience, comme Aline a su le faire avec lui.

– Tu sais quoi ?

– Non, répond-elle, sachant qu'avec lui elle doit s'attendre à tout.

– Je crois que Mathis mérite quelques jours de vacances.

Elle revoit M. Frizon et ses trombones.

– Arrête, Christophe, tu n'es pas drôle.

– Quoi ! Tu ne te souviens pas, en Tunisie, quand on a quitté la route principale pour escalader deux malheureuses dunes en faisant croire aux enfants qu'on était en plein désert ?

Elle sourit. C'était une de ses nombreuses idées pour embellir la vie. Mathis et Léa y croyaient encore.

– C'est quoi, le plus important : avoir vraiment mis les pieds au Sahara ou le souvenir qu'ils en gardent en croyant y être allés ?

Un jour, Christophe l'avait amenée dormir à la belle étoile en plein New York. Tous les deux s'étaient blottis dans leurs sacs de couchage, au pied de la Statue de la Liberté, le petit modèle dans l'île aux Cygnes, derrière le pont de Grenelle. Depuis, chaque fois qu'elle le suppliait de l'emmener voir la vraie, il prétextait que c'était déjà fait.

– Bon, se résigne-t-elle, j'écoute. C'est quoi cette fois ?

– On fait le plein de la voiture et on part cinq jours avec lui découvrir l'Europe.

– En cinq jours ?

– Oui, mais sans quitter l'Oise. Il s'en fout, Mathis, à 6 ans, il ne verra pas la différence.

– Tu es complètement fou.

– Non, mais si je reste derrière cette grille je vais le devenir.

Il attend, puis insiste :

– Allez, Aline ! Cinq jours... Le temps que Léa rentre d'Angleterre et que tout ce bordel s'arrête ! On va chez Simply, on bourre le coffre de Chamallows et de crème de marrons et on prend la route.

Elle n'y pouvait rien, il finissait toujours par l'embarquer, comme ces grosses vagues d'Hossegor qu'elle n'avait vues qu'à la télé.

Mathis rayonne. Pour la première fois il a le droit de s'asseoir à l'avant. Son père a glissé l'*Atlas des routes d'Europe* et un coussin du salon sous ses fesses pour le mettre au niveau de la route et il pioche à volonté dans son mélange de friandises préférées, des Croco, des

Dragibus, des Tagada et des réglisses fourrées, avec le privilège exceptionnel d'être le seul à pouvoir toucher les boutons de la radio.

– Tu connais la Belgique, maman ?

– Non.

Par-dessus le siège, Aline lui passe la main dans les cheveux. Elle l'agace.

– Maman !

Il se dégage.

– Et la Hollande ?

– Non plus, chéri.

Assise à l'arrière, elle regarde ses hommes s'agiter. Des copies parfaites : le même enthousiasme, la même force, mais aussi la même fragilité dissimulée, les obligeant à être perpétuellement en mouvement, Mathis au bout de sa corde, domptant les faiblesses de son corps, et Christophe dans sa tête, toujours un coup d'avance sur la vie pour que jamais elle ne le prenne en défaut, comme elle l'avait fait avec son père, le forçant à vendre ses biens. Cette fois pourtant il n'avait rien vu venir, surpris par la soudaineté de la grève, et maintenant Aline, Mathis et Léa, ses terres à lui, étaient en danger.

– Alors on commence par quoi ?

– Notre-Dame ! s'égosille Mathis.

Garou s'invite dans la voiture et ils prennent la route en chantant à tue-tête. Notre-Dame de Beauvais, puis les Moulins de Hollande à Saint-Maxence et les châteaux de Bavière à Pierrefonds. Parfois Christophe s'éloigne de la voiture pour demander sa route en flamand ou en moldave.

– Alors, raconte, réclame Mathis, impatient, quand il revient.

– Waouh ! C'était un descendant du tsar de Russie exilé en Belgique.

Il lui montre un caillou percé en son milieu par un trou en forme de patte.

– Il m'a donné ça pour nous protéger des loups.

Mathis court déjà la toundra, au galop sur son poney iakoute, enfoncé jusqu'au garrot dans la neige, poursuivi par la meute.

L'Oise a disparu. Les paysages défilent, les Chamallows aussi. Un soir, ils font halte dans une ferme en pleine forêt hongroise à quelques kilomètres à peine de chez Simply, un autre ils évitent de justesse de passer la nuit dans le sinistre château en ruine de Dracula, juste à la sortie de Marseille-en-Beauvaisis. Le lendemain la troupe se lance à l'assaut des falaises d'Irlande en escaladant les anciennes carrières de l'Oise, puis explore les marécages de Croatie en poussant jusque dans la baie de Somme. Au bout de cinq jours, essoufflés, fourbus, des frontières plein les jambes, le souvenir d'horizons inatteignables vaincus, sales, affamés, chacun parle une autre langue. Aline sait dire « merci » en albanais, Christophe « pourquoi pas ? » en hongrois et Mathis « encore » en n'importe quoi. Le dernier tube de crème de marrons passe de bouche en bouche. Le réservoir est presque à sec, c'est déjà l'heure de rentrer. Aline regrette les litres d'essence gaspillés chez la vieille au dos en tronc de poirier.

– Tu reconnais ? interroge Christophe. On est de retour chez nous.

Mathis est encore perdu entre les steppes et les cols de Transylvanie.

– Arrête-toi ! s'écrie brusquement Aline.

Le gosse sursaute.

– Qu'est-ce qu'il y a ?

En face d'eux, le Picwic de la zone industrielle de Beauvais célèbre ses dix ans, avec soda, cupcakes, friandises à volonté, fanfare, clown et tout le tralala.

– Tu te souviens de ce que tu voulais pour ton anniversaire ? lui demande sa mère.

L'œil de Mathis est de retour dans l'Oise.

– Une grande fête avec plein de trucs à boire et à manger et beaucoup de monde, même des gens que je ne connais pas ?

– Eh bien, joyeux anniversaire, mon grand !

Il se contorsionne et proteste :

– Mais c'est en janvier, maman !

La main d'Aline retrouve sa mèche de cheveux.

– Pas cette année, mon chéri !

Christophe gare la voiture sur le parking.

– Tu as les numéros de tes copains ?

Aline appelle déjà les doubles peines de chez Wooly pour les inviter avec leurs enfants.

– Allez chercher un déguisement à l'intérieur avec papa en les attendant et ramenez-m'en un.

Au bout du fil, les parents s'étonnent.

– Je sais, argumente Aline, c'est un peu improvisé, mais Mathis serait tellement heureux de vous avoir... Pas de problème, venez sans rien... Parfait... Il y aura des attractions et à manger...

Une heure plus tard, sous l'œil interloqué du vigile, Dark Vador, Harry Potter et la Fée Clochette, alignés devant les portes du magasin, une pile de chapeaux pointus à la main, attendent, impatients, l'arrivée des premiers invités.

– On était combien, maman ?

Mathis est passé à l'arrière.

– En tout ?

– Oui.

– Je ne sais pas. Cinq, six cents, peut-être.

Christophe regarde la route et sourit en pianotant sur le volant.

– Et l'année prochaine ça tombera aussi en novembre mon anniversaire ?

Elle serre sur ses genoux une pile de masque de Disney : Baloo, Pocahontas, Buzz l'Éclair, Peter Pan, Mickey et Spiderman.

– Ça dépendra. Pourquoi ?

– Parce que j'ai bien aimé en novembre.

Elle se retourne, le masque de Baloo sur le visage, et prend sa grosse voix.

– On verra, chéri, papa et maman ne savent pas encore.

Mathis éclate de rire.

L'équipée retrouve la route de la plaine.

– L'arbre à Tarzan ! braille Mathis.

La voiture de la voisine bloque la rue. Hélène s'excuse d'un geste de la main et se dépêche de vider son coffre. Elle trottine, en tailleur rose et talons hauts, glissant sur les graviers.

– J'ai fait quelques courses pour le retour de Paul après-demain.

Aline la regarde sortir des sacs remplis de tout ce qui va bientôt lui manquer.

– Vous étiez en week-end ? interroge Hélène de sa voix aiguë.

– Oui. En Hongrie ! s'enthousiasme Mathis.

– Ah bon ! s'étonne-t-elle.

– Et on a fêté mon anniversaire.

Il file rejoindre son arbre.

Hélène cherche le regard d'Aline.

– C'était aujourd'hui ?

– Non, d'habitude c'est en janvier et l'année prochaine je ne sais pas encore, s'égosille Mathis, on était six cents, plus les jongleurs !

Christophe descend ouvrir le portail, gêné.

– Je vous présente mon mari.

Hélène n'est pas indifférente.

– Enchantée. Le mien est toujours invisible, s'excuse-t-elle. Le week-end prochain peut-être, si on a de la chance.

Mathis se balance déjà.

– Le facteur m'a dit de vous rappeler qu'il fallait mettre votre nom sur la boîte aux lettres, dit Aline.

– C'est vrai, j'ai encore oublié ! Mais j'ai tellement de choses à penser…

Hélène libère la rue et Christophe rentre la voiture.

Aline n'a pas un regard pour ses fleurs. Elle ne voit que les Caddie pleins de la voisine et imagine ses placards à elle de plus en plus vides. Courir les magasins relève de la course de Formule 1. Il faut calculer chaque litre d'essence, au plus juste, s'éviter un ravitaillement sans tomber en panne, couper les virages pour économiser les pneus. Brusquement, le courage lui manque.

Elle disparaît dans le garage, en ressort avec une bêche et s'acharne sur la grande affaire de sa vie, arrache les rosiers, déplante les hortensias un par un, avant de s'en prendre aux fuchsias de l'allée. En une demi-heure, le jardin ressemble au chemin des Dames. Puis elle fait un gros tas avec les restes de son œuvre, le bourre de petit bois sec et craque une allumette.

La fumée fait sortir Christophe, stupéfait de découvrir l'autodafé floral.

– Mais qu'est-ce que tu fais ? s'insurge-t-il.

Aline s'agite, tourne et retourne le brasier. Les roses anglaises expirent en dégageant une dernière senteur, les longues lianes emmêlées des clématites crépitent et se tordent comme du vermicelle brûlé, les sarments de la glycine résistent un instant puis, assaillis par des milliers de flammèches, s'embrasent, ajoutant une odeur citronnée à celle, âcre, des tourbillons de fumée blanche. Même mort, son jardin est un spectacle.

– J'en ai marre des fleurs, répond-elle sans cesser de s'agiter.

– Mais enfin, Aline, c'est tout ce que tu aimes ! Tu l'as peint cent fois.

– Justement, je passe à autre chose. Je vais m'essayer aux natures mortes, maintenant, comme Cézanne. Tiens, viens voir.

Elle lui prend la main et l'entraîne au fond du terrain.

– Là, je fais un immense potager, comme ça on va économiser. Contre la grange, des tomates, à la place de la roseraie des pommes de terre, là où je faisais monter les clématites, trois rangées de haricots verts, et à la place des fuchsias, un carré de salades. Je vais aussi planter des fruitiers pour les confitures, un mini-labyrinthe d'herbes aromatiques là où est la vieille balançoire, et bien sûr, au pied du mur de brique, des oignons comme Cézanne.

Il la regarde recomposer sa toile avec l'énergie de son chagrin.

– La terre nourrit toujours, pas les usines. Tu te souviens ? Je reviens aux fondamentaux. On dira aux enfants
qu'on a décidé de manger bio. Moi, je fais pousser et tu
creuses un puits pour que je puisse arroser.

Il est muet, planté devant elle comme un tuteur.

– Je veux bien que tu prépares la tronçonneuse, ajoute-
t-elle, je commence à couper les grosses branches de
l'arbre à Tarzan demain. On dira à Mathis qu'elles sont
devenues dangereuses.

– Quoi ! s'étouffe Christophe.

– Si tu connais un autre moyen de se chauffer cet
hiver, dis-le.

À part payer les factures, il ne voyait pas.

Décembre

À son retour, Léa n'a rien remarqué, pas même le corps calciné des roses, les clématites dépecées ou les hortensias décapités.

Depuis sa descente d'avion, elle est aveugle, Paul l'éblouit. Tous les deux roucoulent en anglais. « *Darling* » par-ci, « *Sweetheart* » par-là. Ils passent des heures, bouche bée, scotchés l'un à l'autre, déclamant le PIB de la Chine ou le taux de réinvestissement des entreprises indiennes, les yeux dans les yeux.

Au pied de son arbre, Mathis, lui, pleure chaque branche empilée en rondin le long de la rivière. Aline a l'impression de lui avoir coupé les doigts.

– Les branches repousseront, mon chéri. Crois-moi, c'est mieux comme ça.

Il est inconsolable.

– Je ne volerai plus comme avant ! sanglote-t-il.

– Mais si, tu verras, ça ne changera rien.

Elle le regarde, une fois encore il lui rappelle Christophe.

Lui aussi rêvait de survoler la vie, libre, de l'effleurer de la pointe du pied au bout de sa corde, sans jamais se laisser arrêter, par rien ni personne. Puis, contraint par les mauvaises affaires de son père, il avait dû rejoindre l'usine. À l'époque, il avait la même tignasse ébouriffée que le saule. « Tu ne vas pas y aller comme ça ! » s'était fâchée sa mère. Elle avait aussitôt joué les tronçonneuses et Aline les consolatrices, comme avec Mathis. « Ils vont repousser, c'est mieux comme ça, chéri. Ça ne changera rien. » Elle se trompait. En quelques coups de ciseaux, tout avait cessé d'être comme avant. L'étudiant était devenu ouvrier, les jours s'étaient confondus avec les nuits, Christophe était passé à crédit de rien à presque tout, de deux ils étaient devenus trois, puis quatre, et sans qu'ils s'en aperçoivent la corde s'était transformée en chaîne, légère et indolore d'abord, comme un bracelet de cheville, puis de plus en plus lourde, entravant son vol, le plombant au fil des ans jusqu'à lui faire perdre son cap, l'enfermant derrière les grilles de l'usine où l'épaisse fumée noire des pneus en feu l'empêchait désormais d'entrevoir des jours meilleurs.

Dans la cour d'Univerre, l'occupation continue, plus désordonnée. D'immenses fûts rouillés dégoulinent d'ordures, plus personne ne débarrasse les tables, même les hôtesses d'accueil ont abandonné les poses et le rouge à lèvres. En s'installant, la grève a insidieusement rongé les enthousiasmes. Seul Hobileau s'agite encore, en bon soldat, l'œil toujours dans le viseur. Il monte en neige la moindre dissension entre les gars, espérant faire dévisser la cordée. Il a changé de tactique : plus d'assaut héroïque en costume de lin face à l'armée des ombres. Une fois par semaine, il gare son Audi sous les bande-roles et monte au corps-à-corps susurrer ses menaces à l'oreille des hommes, rampant de l'un à l'autre, bravant les snipers de la CGT qui l'allument de leurs slogans. « Il n'y aura pas de place pour tout le monde, leur chuchote-t-il, il faut vous montrer raisonnable, certains se sont ralliés. Ceux qui vous entraînent jouent avec votre femme et vos gosses. Réfléchissez. La direction vous aime bien, on a besoin de types comme vous. » Staline lui aurait botté le cul, puis se serait amusé à l'enfermer dans le coffre de sa voiture avant de l'abandonner dans les maïs.

– Comment allez-vous vous en sortir si vous êtes tous les deux au chômage ? distille-t-il un matin à Christophe.

– Quoi ?

– J'ai appris pour ta femme. On peut s'arranger pour que le repreneur te garde en priorité, si tu veux, mais il faut que tu sois raisonnable. Tu es le chef d'équipe, c'est à toi de convaincre tes gars de rentrer.

Christophe se raidit.

– Vous pouvez m'aider à passer devant tout le monde ? Me donner la garantie que j'aurai du boulot avec les Chinois ?

Hobileau lui fait signe de parler plus bas.

– Avec les Chinois ou les autres… C'est notre expertise qui va compter, eux ne connaissent rien à la fabrication des bouteilles. Réfléchis… Mais ça doit rester entre nous.

Il s'éloigne pour mieux se faire prier.

Christophe le rattrape et touche pour la première fois son costume de lin.

– C'est d'accord.

Hobileau l'emmène à l'écart des autres.

– C'est bien, tu comprends vite. Maintenant, retourne tes gars, lui ordonne-t-il tout bas.

Son haleine sent l'espresso de la direction.

– Que je les retourne ?

– Oui. Il suffit qu'une première équipe reprenne le travail et les autres suivront.

Il affiche le sourire de la victoire.

Christophe se colle à lui, inverse le pas.

– Tu veux que je les retourne pour mieux les baiser, c'est ça ? hurle-t-il.

Hobileau sursaute, surpris.

– Pas si fort, putain !

Christophe est presque à l'intérieur de son costume tellement il le serre.

– Et Victor, avec sa fille handicapée, il peut passer devant aussi ?

Assis sur une pile de palettes, Victor les observe, plein d'espoir. Il a les mains brûlées par les bouteilles, vingt-cinq ans d'usine et l'œil toujours inquiet.

– Tu pourras glisser un mot pour Karim qui vit avec sa mère dans un studio ?

Hobileau a appuyé sur le mauvais bouton, une erreur d'appréciation, maintenant il doit se sortir de là. Il tente de reprendre la main :

– Écoutez, ça suffit maintenant...

Christophe le contraint à reculer jusqu'à sa voiture.

– Vous me vouvoyez, maintenant ? s'énerve-t-il.

Dans sa tête, la voix de Staline lui souffle de le plier en deux. C'est facile, le costume est vide, il n'y a personne dedans, juste une calculatrice, des tableaux Excel, un compte en banque planqué quelque part et des liasses de notes de frais.

– Donnez-moi vos clefs, lui ordonne-t-il.

Christophe fait face au matador, lui d'habitude si discret. Les autres n'en reviennent pas.

Staline l'encourage : « Continue ! Regarde-le : il meurt de trouille. Tous les mêmes, comme Kerviel... Ça joue avec la vie des autres pour gagner du pognon et ça ne supporte pas qu'on menace la leur. »

Hobileau s'exécute et lui tend la clef.

– Ne faites pas de conneries.

Christophe appuie sur la télécommande. La voix du Petit Père des Peuples en rajoute : « Dans les maïs ! »

Le coffre s'ouvre. « Merde ! » maudit Staline. L'intérieur est rempli de sacs de golf. La lutte des classes n'est plus ce qu'elle était.

Hobileau essaye de faire bonne figure.

– Bon, alors on fait quoi, maintenant ?

Christophe tord la clef entre ses doigts.

– Tu te barres et tu ne me parles plus jamais de ma femme ni de ma famille.

À Essaimcourt, Aline travaille sa nature morte et ses mensonges. Elle a expliqué aux enfants qu'elle avait dû s'arrêter une semaine pour « un truc de femmes » et a déjà retourné la moitié du jardin. Si tout va bien, au printemps elle ne devrait presque plus aller au magasin. Avec des jeunes branches de noisetier elle s'est fabriqué des tuteurs pour les haricots verts. En attendant ses premières récoltes, la nuit elle monte phares éteints et coffre ouvert sur la route de la plaine pour glaner des betteraves rouges. Elle a aussi recensé tous les fruitiers sauvages et une ancienne de Wooly lui a donné deux poules.

Un matin, après une pluie à soulever la terre, avec des gouttes grosses comme des grêlons, alors qu'elle bêche son ancienne roseraie, un homme se présente au portail. Christophe a dormi à l'usine, elle est seule avec les enfants. Elle reconnaît maître Gaston, l'huissier chargé de vendre la maison d'en face. Elle n'ose pas aller lui ouvrir. La honte la paralyse. Toute sa vie elle a payé ses factures sans délai. L'homme insiste.

– On sonne! crie Léa.

– J'y vais, répond Mathis, désireux de quitter sa chambre.

Aline panique.

– Non, je m'en occupe!

Elle va ouvrir.

Il est grand, élancé comme un tuteur, étriqué dans un costume gris poussière. Aline le croise de temps en temps chez Simply. Toujours au rayon des biscuits secs. Elle lui trouve le teint fade. Un ulcère professionnel, sans doute.

– Bonjour, madame. Maître Gaston, j'aimerais vous parler un instant.

– Mon mari n'est pas là, dit-elle bêtement.

Il a l'habitude de susciter l'inquiétude.

– Rassurez-vous, je viens simplement vous remettre un document.

Il s'assoit à la table du jardin, pose une sacoche au cuir fatigué sur ses genoux et en sort une chemise bleue, sur laquelle en lettres torsadées de pleins et de déliés est écrit leur nom de famille, souligné d'un numéro interminable.

Aline remarque ses doigts fins comme de jeunes anguilles. Il porte une alliance en or blanc trop grande. Chaque fois qu'il tourne une page l'anneau manque de rouler dans l'herbe. Veuf, pense-t-elle aussitôt.

– Ça concerne un prêt de 300 euros pour l'achat d'une voiture.

Aline commence à s'expliquer.

– Je comprends, madame, la coupe-t-il aussitôt, mais votre créancier ne voit pas les choses avec les mêmes lunettes que vous, si je peux me permettre.

L'huissier se montre courtois.

– Je suis ici pour vous signaler votre mise en demeure. Il faut comprendre qu'à partir de là le décompte est lancé. Si la prochaine échéance n'est pas réglée, une procédure de saisie sera entamée.

Il n'est pas sûr qu'elle réalise ; elle semble préoccupée, ailleurs.

Mathis et Léa les observent par les fenêtres de leurs chambres. La présence de l'homme gris les intrigue.

– Ça ne vous gêne pas si on fait quelques pas ? propose-t-elle.

Il accepte, surpris.

– Vous pourriez ajouter quelques gestes aussi ?

– Je vous demande pardon ? s'étonne l'huissier.

Mathis et Léa ne les quittent pas des yeux.

– Oui, avec les mains, comme si vous mesuriez quelque chose.

– Je ne suis pas certain de bien comprendre.

Aline lui prend le bras.

– C'est pour les enfants, murmure-t-elle. Ils ne sont au courant de rien, ma grande fille passe le bac et je ne veux pas la perturber. Je vais leur dire que vous êtes venu pour des travaux.

Il cherche autour de lui ce qu'il reste à construire.

– Une piscine. Ils en rêvent depuis longtemps.

Maître Gaston s'exécute et arpente la pelouse, un peu gauche d'abord, puis il force le pas, à la manière du grand héron blanc qui vient parfois piquer du bec dans la rivière.

– C'est sérieux, madame, prévient-il en comptant ses pas, il faudrait que vous puissiez accomplir un geste conséquent pour stopper la procédure.

Il la surprend. En rajoute, s'accroupit et fait mine de tester la qualité du terrain.

– Ça vous va comme ça ?

Elle sourit.

– Oui, merci.

– En fait, dit-il en se relevant, j'ai un dossier plus sérieux qui concerne un prêt immobilier. La banque n'est décidée à aucune concession.

– Je sais, s'emballe-t-elle, on m'a expliqué : la sidérurgie du XXIᵉ siècle.

– Pardon ?

– Non, rien.

Elle lui rattrape le bras.

– Pour l'instant je ne peux pas, je n'ai ni les moyens ni les économies.

Maître Gaston a déjà entendu d'autres pleurer chacun de ses mots. Il s'arrête.

– Alors vous prenez le risque de me revoir bientôt.

Aline détourne les yeux.

– Vous n'avez pas des parents qui pourraient vous aider ?

Elle imagine la tête de son père. Elle vient juste de leur offrir deux fauteuils électriques et un écran plat.

– Ça vous gênerait de me faire un croquis ?

– De la piscine ?

– Oui. Ils sont toujours à la fenêtre.

Maître Gaston trace quelques traits et lui tend la feuille.

– Ce n'est pas le genre de papier que je remets d'habitude, lui dit-il en souriant.

Aline le remercie.

– Les autres viendront toujours assez vite.

Il ferme son cartable.

– Je promets de vous avertir avant et de reculer la saisie le plus longtemps possible. Bonne chance à votre fille pour le bac.

C'est drôle, au rayon des gâteaux secs, elle le prenait pour un sale type.

Le croquis fait l'effet d'une bombe. Il dynamite tous les reproches que Léa et Mathis leur font parfois d'habiter un trou perdu sans fibre ni réseau.

– On va avoir une piscine ! exultent-ils.

Aline tempère :

– Ce n'est pas fait, on se renseigne juste sur les prix.

Léa téléphone aussitôt à Paul.

142

– Tu sais quoi ?

– Non.

Paul se met à la fenêtre et l'aperçoit. Skype version Essaimcourt.

– Quelqu'un est venu pour la piscine.

Léa se penche et voit sa mère pianoter sur le clavier de son téléphone près du lavoir.

– Regarde, elle appelle déjà sa banque.

Aline laisse sonner. Christophe finit par décrocher.

– Ça va ?

– C'est chaud, confie-t-il, je me suis pris la tête avec le type de Paris. Ce sont des voyous, Aline ! Bien éduqués mais des voyous. Les gars ont raison d'occuper l'usine… Ils n'en ont rien à foutre, de notre travail. S'ils peuvent faire travailler des gosses de l'âge de Mathis ils le feront.

Elle a envie de lui expliquer qu'il faut parfois y regarder à deux fois avant de juger les sales types, mais ce serait trop long.

– J'ai une mauvaise nouvelle, annonce-t-elle. L'huissier est passé.

Une pierre en plus dans son sac à dos.

– Merde ! Il n'a pas perdu de temps.

– Ça fait déjà deux traites en retard, Christophe.

Il s'affole soudain pour les enfants.

– Ne t'inquiète pas, je leur ai dit qu'il était venu tracer les plans de la piscine.

À l'autre bout elle comprend tout de suite son silence.

– Je suis désolée, c'est tout ce qui m'est venu, s'excuse-t-elle.

Il se mord les lèvres pour ne pas l'engueuler.

– J'arrive. Tu m'expliqueras comment on se sort de là, maintenant.

Le soleil de la route lui fait du bien. Au loin les chevreuils se régalent du blé d'hiver. Il n'est pas rentré depuis deux jours. Ce n'est pas la même fatigue que celle des fours, celle-ci ne s'évacue pas avec une douche et du savon. Tous les gars sont dans le même état, contusionnés de l'intérieur. Même Kilian la grande gueule ne la ramène plus. Sa femme, ses enfants, son salaire, son lit, ses potes de foot : il passe sa journée à établir la liste de ce qui lui manque, les larmes aux yeux. Christophe, lui, aimerait juste entendre le bruit des fours, voir danser les bouteilles.

Aline l'attend assise sur une grosse pierre au bord du trottoir à côté d'Arthur Rimbaud, le seul rosier survivant, gonflé comme les voiles d'un boutre de la mer Rouge. Les enfants lui sautent au cou. On dirait deux chiots.

Mathis, fou de joie, le serre de toutes ses forces.

– Vous êtes les meilleurs parents du monde !

Léa, plus discrètement, se fait une place à son cou et lui murmure des gentillesses à rougir.

– Tu te rends compte ! La première piscine du village !

Christophe, embarrassé, cherche le regard d'Aline. Elle s'excuse encore d'avoir improvisé.

À table, les conversations tournent autour des détails. Un liner fluo pour Mathis, une bouée-bar pour Léa, un couloir de nage, non, un bassin rond, avec un abri pour l'hiver, ou plutôt le chauffage, et un plongeoir, bien sûr.

– Ça suffit maintenant, ordonne Aline, vous nous cassez les oreilles.

Léa change de conversation. Elle aimerait inviter les parents de Paul, un soir ou un week-end quand son père sera là. Christophe ne dit rien.

– Alors ? insiste-t-elle.

– Pas en ce moment, ma chérie.

Le papa formidable redevient un papa con. L'amour est changeant, l'année du bac.

– De toute façon, tu travailles trop, on ne te voit plus.

– Oui, tu n'es jamais là, renchérit Mathis.

Christophe est blessé.

– C'est pour payer la piscine, chérie. Tu sais : les dépenses et les recettes... Tu devrais réviser le chapitre. D'ailleurs, il faut que j'y retourne.

Aline l'accompagne jusqu'à la voiture.

– Je n'ai rien trouvé d'autre, se morfond-elle.

Christophe tempère :

– Non, tu as raison, c'est mieux que l'huissier.

Les enfants se passent et se repassent le plan.

– J'ai peut-être trouvé quelque chose, lui annonce-t-elle. Une formation de trois jours qui peut déboucher sur un boulot.

Il l'embrasse du bout des lèvres – c'est signe d'un mauvais jour.

– C'est une blague, comme la piscine ?

Elle se vexe.

– Pardon, ce n'était pas drôle. Je craque un peu. C'est quoi exactement ?

– De la vente à domicile.

Ils sont neuf à attendre devant un hangar de la zone industrielle de Beauvais. Un grand bâtiment décrépi à la porte recouverte d'une kyrielle de plaques de sociétés : des SCI, des SARL, des SAS, des SASU. Un chapitre entier pour Léa. Il y en a dans toutes les langues : « Lucky One », « Show devant », « Hasta luego » ; pour tous les goûts aussi : « Délirez on s'occupe de tout », « Vos chakras ouverts en un clic », « Louez vos animaux domestiques ».

Aline repère celle qu'elle cherche : « American Buyers Club, le meilleur de l'Amérique à votre porte ». Elle sort l'annonce de sa poche et la relit : « Gagnez jusqu'à 3 000 euros par mois après trois jours de formation gratuite. »

Elle a composé le numéro, tremblante, cachée dans les maïs, aussi nerveuse qu'avant son accouchement, la même douleur au ventre, la même envie d'en finir et de changer de vie, la même peur que ça se passe mal. Au téléphone, la jeune femme lui a posé trois questions : « Parlez-vous une ou plusieurs langues étrangères ?

Avez-vous fait des études supérieures ? Lisez-vous plus de dix livres par an ? » Elle a répondu non à toutes et décroché un rendez-vous. « M. Nitch vous recevra à 10 heures après-demain », lui a dit la voix douce en lui donnant l'adresse de sa renaissance : 15, allée des Poires, à Beauvais.

La file correspond bien au questionnaire. Nulles lunettes cerclées, aucun ordinateur portable. Un grand chauve tordu comme un point d'interrogation en jean de la tête aux pieds, une femme enceinte habillée par Emmaüs, un faux biker coiffé du bandana de Jimi Hendrix, celui de Woodstock aux replis bourrés de buvards au LSD, une petite rousse tout ce qu'il y a de plus ordinaire à part ses ongles vernis de noir, une montagne de bourrelets empilés comme un cornet trois boules, un tatoué au bestiaire tropical digne de la SPA brésilienne dont un ara rouge et vert sur l'épaule et une tête de boa à la place de la gorge, et une quinquagénaire en bas résille aux allures de cougar, le dessous des bras à peine assez ferme. Dans sa doudoune rouge et son faux jean Guess, Aline a l'impression de s'être trompée de film. Elle reconnaît Louis aussi, le vigile de Simply renvoyé pour avoir laissé une employée sortir avec un paquet de serviettes hygiéniques. Il lui adresse un sourire idiot. Elle regrette brusquement d'avoir lu tout Gilles Legardinier. Jamais elle n'aurait cru que ce serait un handicap.

M. Nitch gare son scooter et compte son bétail. Ça commence bien.

– Huit, neuf. Il en manque un.

Il est taillé comme un dolmen à l'envers : un gros ventre et des fesses plates incapables de retenir son jean et encore moins sa chemise, en cavale permanente. Il joue constamment avec une chevalière de l'université du Minnesota et finit la moitié de ses phrases par « OK ».

– Je laisse cinq minutes au dixième. Pour ceux qui resteront, je vous préviens, je vous veux à l'heure, c'est-à-dire en avance, OK ?

Tout le monde acquiesce, sauf le faux biker et son boa.

Nitch disparaît. La retardataire débarque. Aline manque de s'évanouir.

– Marion ! s'exclame-t-elle, surprise de la voir là.

Elle attire la grande fille du garagiste à l'écart.

– Mais qu'est-ce que tu fais ici ?

La jeune chimiste fond en larmes.

– Ils ne m'ont pas gardée chez Simply.

– Mais je croyais...

Elle lui tend un kleenex.

– Non, je rame depuis que je suis diplômée. Ça fait des mois que je ne trouve rien. J'ai besoin de ce boulot.

Aline pointe les autres du doigt, échoués sur les marches de l'entrepôt comme des déchets sur une plage.

– Mais tu as vu le casting ?

Marion la supplie :

– Je sais, mais ne dites rien, s'il vous plaît.

148

Aline, bouleversée, se souvient des compliments à ses parents, de leurs espoirs, de leur fierté surtout. Quel gâchis ! La gamine a fait tellement d'efforts. Des nuits et des nuits, des pages et des pages à vider des Stabilo, des boules Quies dans les oreilles pour ne pas entendre gémir ou ronfler ses colocataires.

– Marion, ce n'est pas un endroit pour toi, fais-moi confiance.

Elle voudrait la convaincre d'essayer encore, n'importe où mais pas ici.

Trop tard. Nitch revient et déverrouille la grande porte d'entrée. Elle donne sur un local crasseux, avec une quinzaine de bureaux individuels graffités de partout. Sur un billboard quelqu'un a écrit au feutre rouge : « Comment perdre 10 kg en mangeant de tout. »

Il arrache la feuille.

– Ce sont des conneries. Quand on bouffe on grossit. Pourtant ça marche, le type a monté sa boîte il y a six mois et déjà vendu pour 30 000 euros de pâtes chinoises amaigrissantes. Comme quoi un bon vendeur peut tout faire avaler, OK ?

Aline comprend qu'ils sont dans des bureaux partagés. Tout le monde s'assied.

– Alors, quelqu'un peut-il commencer par me dire pourquoi j'ai mis au point mon questionnaire ?

Silence.

– Non ? Personne ?... Il va falloir vous dégourdir les mâchoires si vous voulez aller jusqu'en finale.

Il remet en place sa chemise. Elle s'évade aussitôt.

– Parce que je ne veux pas d'intellectuels. Un intellectuel, ça réfléchit, et pour vendre c'est justement ce qu'il faut éviter.

Marion regarde ses Converse.

Nitch déroule :

– La vente, c'est dans la partie reptilienne du cerveau que ça se passe. On a trente secondes pour faire mouche, comme un sniper, pas plus.

Il détache chaque mot et l'accompagne du geste.

– On sonne... on observe... on cherche l'angle... et boum ! on leur balance l'idée du produit en pleine tête !

La petite rousse prend des notes.

– Exemple numéro 1 : vous tombez sur des parents débordés par les devoirs de leurs gosses. Vous dégainez l'encyclopédie en douze volumes inutile mais qui déculpabilise quand on n'est pas au niveau de ses enfants.

Le tatoué acquiesce, impressionné.

– Exemple numéro 2 : vous remarquez des taches d'humidité. Vous balancez aussitôt l'assèche-murs conçu spécialement pour la bibliothèque du Sénat américain. OK ?

Tout le monde dodeline de la tête, on dirait dix petits chiens en plastique alignés sur la plage arrière d'une voiture.

– Et ainsi de suite, continue Nitch. Une grand-mère mal assise ? Vous sortez le fauteuil massant, inventé par la NASA pour le retour des astronautes après des mois d'apesanteur. OK ? Une fois que vous leur avez injecté le produit, c'est gagné, il n'y a plus qu'à attendre qu'ils succombent.

Aline se demande ce qu'elle fait là. Legardinier a dû endommager son cerveau reptilien. Elle cherche, désespérée, le regard de Marion pour la supplier de renoncer – il est encore temps, elle vaut mieux que ça.

Nitch prévient :

– C'est un job tellement facile que je ne vais pas pouvoir garder tout le monde. Alors je vais vous confier le soin de décider des quatre heureux élus.

Il leur distribue des feuilles et des feutres.

– Vous connaissez le principe du maillon faible ? C'est pareil. Je vous pose une question, vous me donnez un nom et il est éliminé.

Il rattrape une nouvelle fois sa chemise.

– Personne ne se connaît, comme ça, pas d'affect, juste de l'instinct.

Il mime à nouveau.

– C'est comme quand la porte s'ouvre... Boum ! Boum ! Le cerveau reptilien, directement au plus efficace, pas de branlette d'intello de merde.

Le faux biker et la cougar dégainent leur feutre. La consigne a plus de mal à atteindre le cerveau du chauve.

La montagne de bourrelets lève la main.

– Non, pas de question. Boum ! Boum ! OK ?

La femme enceinte a déjà écrit un nom sur sa feuille. Aline regarde par-dessus son épaule. C'est celui de la rousse.

Le tatoué demande un autre stylo. Marion cherche dans sa trousse.

– C'est bon ? demande Nitch.

Louis le vigile a le feutre déjà prêt à sniper. Le formateur défouraille sa première question :

– Lequel des dix vous inspire le moins confiance ?

« Marion », espère secrètement Aline sans avoir le courage de la désigner. Visiblement, les autres non plus.

Louis... Louis... Louis... Le vote est unanime. Elle est dégoûtée. Le vigile aussi, qui a dépensé 10 euros d'essence pour venir.

Nitch le presse :

– On est bon joueur, pas de chialerie. Allez, on bouge !

Les autres sont électrifiés par la première mise à mort.

– Au suivant ! Lequel des neuf présente le moins bien ?

Boum ! Boum ! *Exit* triple boule de glace et ses bourrelets. Une évidence. L'ambiance se tend encore d'un cran.

– Lequel des huit est le moins sympa ?

« Marion... Marion... Marion », espère encore Aline. Cette fois, elle la désigne. Les autres toujours pas.

La grande du garagiste la regarde, incrédule et suppliante.

La petite rousse dégage, le majeur à l'ongle verni de noir tendu nerveusement.

Aline crispe le sien sur son feutre et oublie Marion un instant pour se reconcentrer. Elle a tenu jusque-là. « 3 000 euros par mois », se répète-t-elle. Il faut absolument qu'elle soit dans le quarté gagnant. Elle est prête à planter son stylo dans n'importe quel œil pour ça.

– Lequel des sept ne mérite pas sa chance ?

Le chauve dégage.

Ils ne sont plus que six, la femme enceinte, le tatoué, Marion, la cougar, le faux biker et Aline.

– Toujours sans réfléchir, lequel des six pourrait avoir des scrupules à exécuter le boulot correctement ?

Boum ! Cinq doigts pointent la femme enceinte. Elle rugit, se met à genoux et refuse de s'en aller. Dans un mois, elle est en fin de droits.

– On ne commencera pas tant qu'elle est là, beugle Nitch.

Le tatoué et le faux biker la traînent dehors. Marion hésite, se lève et les aide.

Aline est effarée.

– Waouh ! s'exclame le recruteur, les deux bras levés vers le ciel, quand ils reviennent tous les trois. Quelle putain d'équipe ! On va cartonner ensemble.

Il suspend son questionnaire.

– Pour l'instant on va en rester là, annonce-t-il.

Ils sont un de trop. Tout le monde se regarde de travers.

Nitch savoure.

– Je n'ai pas encore entendu votre voix, alors je vais vous laisser me dire en quelques mots pourquoi vous êtes candidats à ce boulot de merde. C'est la seule chose que je veux retenir de vous.

Tout le monde hésite. Le tatoué commence :

– Problème de casier judiciaire, grommelle-t-il.

La cougar se lève, sort son porte-monnaie d'un sac en chinchilla au poil fatigué et le retourne.

– Plus de Pôle emploi et pas encore à la retraite.

Elle se rassoit.

Aline a du mal à prononcer le mot. Il lui fait encore mal.

– Délocalisation, murmure-t-elle.

Le biker se lève et, en équilibre sur les talons de ses santiags, fait le geste de boire cul sec.

– Sevré mais démoli.

Marion est la dernière. Elle cherche un demi-mensonge.

– Chômage des jeunes, finit-elle par dire, mal à l'aise.

Nitch circule entre les tables, remet chaque feutre aligné le long de chaque feuille et reprend :

– Le mérite de ce test, c'est de sélectionner des gens dans la merde, capables d'éliminer sans états d'âme d'autres paumés comme eux. Et, croyez-moi, aucun algorithme ne peut réaliser ça mieux que vous !

Aline a honte. Elle aimerait disparaître, retrouver les maïs, avoir le courage de s'exclure elle-même, maintenant, avant de se détester.

Le recruteur continue :

– Ma cible, ce sont les pauvres, et c'est pour ça que vous êtes là. Parce qu'il n'y a pas mieux que d'autres pauvres pour leur fourguer des choses dont ils n'ont pas besoin.

L'argument l'explose et la détruit. Cette fois, ça suffit. Elle veut pouvoir continuer à regarder ses enfants en face. Tant pis pour les huissiers. Elle lève la main.

– Quoi ? s'impatiente Nitch.

À l'instant où elle va se libérer, son regard croise celui de Marion. C'est à son tour d'avoir honte. Et si c'était Léa assise là ? Elle aimerait que quelqu'un lui vienne en aide, lui évite cette humiliation.

La fille du garagiste devine son hésitation et la supplie des yeux.

Trop tard. Aline ne voit plus que Léa. Laisser faire, c'est la trahir.

Elle pointe la jeune fille du doigt. Tout le groupe se retourne.

– Oui ? dit Nitch.

– Elle, je la connais...

Elle hésite une seconde.

– Elle ment.

La colère s'abat sur Marion. Pas celle qu'elle imaginait, au contraire.

La cougar est furieuse.

– Tu veux que je te raconte combien d'heures supplémentaires mon cul a dû assurer pour boucler les fins de

155

mois parce que je n'avais pas ton talent ? Une licence en chimie, putain ! Mais barre-toi d'ici avant que ce connard te fasse oublier tout ce que tu as appris.

Même Nitch approuve de la tête.

Le biker l'aide à mettre son manteau. Le tatoué la raccompagne jusqu'à la porte.

– À jeudi pour les maths, lui dit Aline bêtement.

Elle croit entendre Marion la remercier.

Nitch les renferme aussitôt :

– Bon, maintenant que nous sommes entre nous, un peu de théorie après le reptilien.

Il leur explique le principe de l'exploitation des pauvres par les pauvres.

– Comment un constructeur de yachts s'y prend-il pour placer ses produits de luxe ? En sachant ce qui rassure les riches. Même chose à l'autre bout de la chaîne alimentaire. Vous avez la chance de savoir ce qui tranquillise les pauvres puisque vous l'êtes aussi, alors il faut en profiter, parce que personne ne vous embauchera pour vendre des bateaux de luxe.

Il hoche la tête, comme s'il lisait dans leurs pensées.

– Vous trouvez ça dégueulasse de profiter de la détresse des gens, c'est ça ?...

Leur silence répond pour eux.

– Alors déculpabilisez tout de suite, parce que, heureusement pour vous, il existe une ardoise magique qui efface les péchés du monde : le surendettement.

Les visages se détendent un peu.

156

– En fait, en arnaquant un pauvre, c'est la banque qui lui prête que vous arnaquez. Au mieux sa créance sera annulée, au pire on saisira le produit, mais lui en aura profité, et, le plus important de tout, l'argent sera passé de son compte au mien et du mien au vôtre. C'est tout ce que vous devez retenir. Ce sont eux ou vous, conclut Nitch.

Fin du round. Tout le monde est sonné.

– Alors, prêts à dévorer les petits des autres pour nourrir les vôtres ? J'ai besoin d'hyènes et de loups, pas de dindons.

Il sort son portable.

– J'ai toujours les numéros des maillons faibles en mémoire. Donc, on garde l'équipe ou on la change ?

Le tatoué se lève.

– On la garde !

Tout le monde serre les rangs.

Nitch leur tape dans la main.

– J'ai encore besoin de deux choses. Premièrement, que chacun d'entre vous me donne les noms de trois familles qui dans son secteur correspondent aux profils que nous cherchons. Comme ça, vous irez chasser sur le territoire de l'autre, pas d'affect, ce sera plus simple pour tout le monde. Deuxièmement, que vous me signiez ça.

Le contrat passe de main en main. La formation est gratuite. En échange, chaque représentant s'engage à travailler à ses propres frais, avec son véhicule personnel, pour un fixe de 250 euros par mois et une commission de 20 % sur le prix hors taxe de chaque produit vendu.

Aline a l'impression d'être au pied d'une pyramide de 9 millions de pauvres qu'elle va devoir gravir pour ne pas mourir asphyxiée, et elle se demande où elle va trouver le courage.

Nitch la pousse dans la mêlée.

– On commence par toi, lui dit-il. Et n'oublie pas : compatir équivaut à mépriser. Pas de bons sentiments, tu n'en as plus les moyens.

L'exercice consiste à simuler la vente d'une paire de fauteuils massants à un couple de retraités.

Aline prend une grande respiration et s'y essaye.

– Alors ? demande Nitch aux autres, vous avez eu envie de lui acheter quelque chose ?

– Même pas en rêve ! ricane la cougar.

– Trop molle, ajoute le tatoué.

Le faux biker lève la main.

– Elle est toute recroquevillée, on ne voit pas ses seins. C'est dommage, elle devrait les mettre en valeur.

– Et la voix ? demande Nitch.

– À chier ! tranche à nouveau la cougar.

Le formateur s'avance vers Aline.

– Tu as envie de voir débarquer les huissiers chez toi ou quoi ?

Elle revoit maître Gaston faire le héron devant Mathis et Léa.

– Non. Alors redresse-toi, tu n'es plus à l'usine. Donne envie, putain, fais bander le retraité, ou rassure sa femme, mais déclenche quelque chose ! Là, tu emmènes tout droit tes gosses aux Restos du Cœur, chérie.

Le jour de son examen, une pluie fine vernit les toits torturés du gros bourg de Trois-Sots. Elle aimerait être la main de Vermeer pour en reporter chaque craquelure de brique et d'ardoise. La victime est une « famille Groseille » dénoncée par le tatoué. Aline a une heure pour faire ses preuves. Nitch l'attend dans le hangar avec son contrat.

Scotché à la porte, un Père Noël gonflable, en plastique rouge et blanc, l'empêche d'accéder à la sonnette.

Elle s'essuie les pieds sur le « Bienvenue » du paillasson, comme un aveu, ferme un instant les yeux, essaye d'oublier les regards de Mathis et Léa, respire profondément et frappe.

– Oui ! C'est pour quoi ?

La vieille est comme toutes celles d'ici, en bottes et tablier bleu. Elle s'habille au camion qui ravitaille les campagnes ou par correspondance à La Redoute.

Aline sourit et scanne la pièce des yeux. Derrière elle, sur une table au milieu du salon, deux gamines dessinent en s'ennuyant. Au mur, un Christ en bois, une branche de buis séché à la main, fait face à une fausse tapisserie de Bayeux, de celles que l'on trouve toutes prêtes à être

159

brodées, sous sachet plastique, dans les maisons de la presse.

Une odeur de soupe aux poireaux parfume la pièce. Elle arme et vise.

– Hum ! Ça sent bon. Vous y mettez des pommes de terre ?

La mamie se détend aussitôt.

– Oui, de la vitelotte.

– Comme ma grand-mère, renchérit Aline.

En pleine tête.

La vieille la fait entrer en s'excusant du désordre et l'installe à la table de la cuisine.

– Ce sont vos petites-filles ?

Elle soupire. Aline réarme :

– Leur mère n'est pas là ?

– Non, elle s'occupe de ses juments. Ça l'intéresse plus que ses filles.

Aline place sa deuxième balle :

– Ne vous en faites pas, elles ont leur grand-mère. La mienne m'a tout appris. C'est grâce à elle si je sais cuisiner.

Elle la laisse se perdre un instant dans la mémoire de sa propre aïeule, puis maintient son avantage :

– Je peux vous demander votre prénom ?

– Je m'appelle Rose.

Avec le geste lent d'un tireur de biathlon, pour ne pas l'effrayer, Aline sort un dossier de sa sacoche et continue à l'apprivoiser de la voix.

160

– C'est joli et ça vous va bien. Moi, c'est Aline.

La douceur a fait son œuvre.

– Je m'inquiète pour elles, vous savez, se confie Rose.

Je ne serai pas toujours là.

– L'important, c'est ce que vous leur aurez appris avant de partir, et aussi ce que vous leur laisserez.

C'est comme si Nitch parlait pour elle. Aucun état d'âme. Juste l'envie d'écrire son nom en bas du contrat. Mais pour ça il lui faut une autre signature.

– Tenez.

Aline lui tend un dépliant.

– C'est quoi ?

– De quoi toujours rester auprès d'elles.

Rose feuillette le mode d'emploi.

– Ils sont magnifiques.

– C'est ce qui se fait de mieux, ils sont programmables et la température varie pendant la cuisson, elle s'adapte à la recette. C'est ce qu'utilisent les cuisiniers de la Maison-Blanche.

Elle lui montre sa chevalière de l'université du Minnesota.

– J'ai étudié là-bas.

Rose est émerveillée par le faux rubis de la bague et par les trois cuiseurs électriques : un « fait-tout » high-tech pour revisiter les recettes traditionnelles, une casserole du futur truffée de thermostats, et la poêle révolutionnaire, à la fois minifour et plancha.

– Ils sont très beaux, dit Rose en se levant pour aller chercher la cafetière, mais j'ai une minuscule pension et ma fille est au chômage.

Elle lui sert une tasse.

– En ce moment, se désespère-t-elle, il n'y a que mon gendre qui travaille.

Aline remarque une petite Vierge en or, posée sur un médaillon, chahuté dans la tempête de sa gorge plissée.

Elle se souvient de la réflexion du faux biker et gonfle sa poitrine.

– Je ne vous ai pas encore dit le prix, la gronde-t-elle gentiment.

– Même... l'arrête Rose en lui tendant le sucrier. Ils me surveillent, je me fais engueuler dès que je dépense un euro.

– Je sais, nous aussi on est justes en ce moment. Mon mari occupe son usine. Mais je refuse de priver les enfants.

Elle lui prend la main.

– Ça restera entre nous, ne vous inquiétez pas.

Rose a été mortellement touchée par sa dernière balle.

– C'est combien ? demande-t-elle.

– 300 euros.

Elle lui laisse le temps de digérer.

– Pendant six mois, précise-t-elle.

Rose calcule. 1 800 euros.

– C'est beaucoup trop cher pour moi, dit-elle avec tristesse.

Aline ne lui lâche pas la main.

– La question, c'est : est-ce que ça vous ferait plaisir de leur offrir ? murmure-t-elle en regardant les filles.

– Bien sûr, avoue Rose, presque vaincue.

– Alors, exceptionnellement, je vais vous proposer ce que j'aurais proposé à ma grand-mère : disons 300 euros pendant quatre mois. Maintenant c'est moi qui vais me faire gronder… ajoute-t-elle. Qu'est-ce qu'on fait ? Je vais les chercher dans la voiture ?

1 200 euros. Rose résiste. Son gendre va la pendre.

– Vous n'avez pas besoin de le lui dire, insiste Aline. Vous les cachez dans votre chambre, et quand le jour viendra ça leur fera un souvenir de vous.

Quelque chose résiste encore. Aline change de tactique :

– La maison vous appartient ?

Rose ne voit rien venir.

– Oui. Enfin, il me reste un crédit sur dix ans, précise-t-elle.

– Sans indiscrétion, à quel taux d'intérêt avez-vous emprunté ?

La vieille se lève et va chercher un dossier dans son buffet encombré d'un immense aquarium.

Aline le feuillette.

– 5 % ! C'est énorme ! Il y a beaucoup mieux aujourd'hui, vous savez. Je peux vous aider à gagner 200 à 300 euros par mois, si vous voulez.

Rose vacille à nouveau.

– Et je suis sûre que votre forfait de téléphone est trop élevé aussi. Rien qu'avec ça vous vous rembourserez les 1 200 euros sans que personne se soit rendu compte de rien.

– Vous êtes sûre ?

Aline sort le contrat, toujours avec des gestes doux.

– Voilà ce que je vous propose : vous me faites les chèques et je reviens dans la semaine vous expliquer comment renégocier votre prêt.

Rose se lève pour aller chercher son chéquier.

Aline croise le regard des fillettes. La plus grande doit avoir l'âge de Mathis. Elle ferme son cahier, lui sourit et grimpe à l'étage. L'autre trottine derrière. Juste avant de monter l'escalier, elle lui envoie un baiser, comme une balle en plein front. Brusquement, Nitch sort de son corps. Aline se déteste. Qu'est-ce que la peur a fait d'elle ? Jamais elle n'a gagné 240 euros aussi facilement, ils lui brûlent déjà les doigts. La petite lui adresse un dernier sourire, comme pour la remercier.

– Non, Rose, laissez tomber, se ravise-t-elle. En fait, je ne suis pas sûre de pouvoir vous obtenir la révision du taux. Ça risque de vous mettre dans l'embarras.

La vieille ne veut rien savoir. Elle a déjà signé le contrat et rempli les chèques.

– Je vous laisse mettre l'ordre, dit-elle, j'ai de plus en plus de mal avec mes doigts. Vous ne vendez rien contre l'arthrose ?

Dehors, le vent a remplacé la pluie. Le Père Noël en plastique lui tourne le dos. Aline vomit sur les rosiers avant de reprendre sa voiture.

La route de la plaine a des allures de mousson tellement elle pleure. Un chevreuil jaillit des maïs. Elle donne un coup de volant et plante l'avant de sa voiture dans la terre fraîchement retournée.

Elle se dégoûte. Christophe vole à son secours et calme ses sanglots. Plus rien autour d'eux ne semble tenir debout. Ils sont perdus. Leur *Déjeuner sur l'herbe* vire au *Radeau de la Méduse*. Une déconvenue de plus et ils sombrent.

Janvier

La lettre porte le cachet d'un cabinet d'huissier. Ce n'est pas celui de maître Gaston. Elle parle d'injonction exécutoire, de mise en demeure, d'obligation de rembourser la totalité du prêt sous peine de saisie, d'urgence, de dernière chance. Cette fois, le radeau chavire. Noël a été à fleur d'eau, la nouvelle année leur semble infranchissable. Ni l'un ni l'autre ne voient d'issue, ils perdent pied. La journée, Aline et Christophe font semblant de rester à flot pour les enfants, le soir ils se recroquevillent, submergés, noyés comme des taupes au fond de leur galerie, serrés l'un contre l'autre, écoutant les rires et les chahuts en pleurant, nostalgiques de ces bruits du temps où le bonheur et les salaires coulaient en un filet mince mais continu, suffisant pour irriguer leurs promesses d'avenir, en faire lever et grandir les pousses fragiles.

La télé les terrifie. Les chiffres, les prévisions, les statistiques, les gens dans la rue, sales, malades, seuls, traînant les restes de leur vie dans des sacs plastique ;

l'enfilade interminable des villages de tentes sous les ponts, les campements dans les bois, les ombres dépenaillées racontant leur chute, et les autres au bord du gouffre, prêtes à les rejoindre : travailleurs pauvres, mal logés, mères célibataires, acteurs de la vraie télé-réalité, armée d'échoués défilant devant les micros et les caméras. Tous les renvoient au naufrage soudain de leur propre vie, à la brèche éventrant leur famille.

Aucun des deux n'arrive plus à entraîner l'autre, le mécanisme est bloqué, ils pleurent en silence pour ne pas réveiller les enfants, calculent, recalculent, sans jamais trouver la solution, et le matin réparent les dégâts de la nuit avec les restes de crèmes d'Aline pour avoir bonne mine devant Mathis et Léa.

Ils se refont le film. Comment les choses ont-elles pu leur échapper si vite ? Ils se croyaient à l'abri derrière leur forêt de faux-semblants : les copains, le boulot, le mariage, les enfants, la maison, les étés brûlants, leurs baisers, les parties de *Monopoly*, les fous rires, les bonnes bouteilles. Rien de ce qui leur semblait inoxydable n'a résisté au blast. Les machines de l'usine ont tout emporté avec elles. L'effet de souffle les a laissés nus, couverts de bleus, au milieu de la foule des autres où hier encore ils s'agitaient, sortant des parkings le coffre plein d'inutile.

Alors, brusquement, sans qu'aucun des deux ne sache qui a eu l'idée, la solution leur semble limpide, elle s'impose comme une évidence, sans doute à force de ne plus s'accrocher à rien, de sentir le fond, d'avoir l'impression d'avaler leur dernière bouffée d'air.

Ils ne faneront pas sur pied. Mathis et Léa ne mourront pas de honte, jamais. Aucun meuble ne sortira de chez eux. Ils vont s'effacer, se retirer, discrètement, sans passer par la case « saisie ». Le mur devant eux est trop haut pour être sauté, alors ils vont s'y écraser, délibérément.

Sans même se dire un mot ils sont tombés d'accord. C'est leur seul courage : se soustraire à la vie. « Pour le meilleur et pour le pire », et le pire est là devant eux. Une dernière souffrance pour s'en éviter des milliers d'autres, ça leur paraît raisonnable. Une bonne affaire, même. Il n'y aura pas de prochaine visite à l'hôpital pour Mathis, pas de bac pour Léa, plus d'exploitation des pauvres par les pauvres, plus de ressac, plus de comptes d'apothicaire. La douleur s'arrête ici. Tout le monde descend. Les enfants en premier. C'est décidé. L'idée leur semble simple, presque douce, reposante.

Ils restent un long moment les yeux fermés, main dans la main, à apprécier le soulagement. Aline essaye de se souvenir de toutes ses dernières fois, chez Simply, à l'usine, sur le sable des Baléares ; Christophe, lui, imagine Hobileau vivre avec son cadavre. Une tache rouge sur son costume en lin, une banderille dans son CV. L'idée l'amuserait presque.

Elle lui demande comment. Il lui promet de ne pas les faire souffrir. Les enfants ne sentiront rien. Aline ne souhaite pas d'arme à la maison. C'est idiot, personne ne sera plus là pour s'en servir. Christophe parle de somnifères. Elle imagine plutôt une fin à la *Thelma et Louise*, en plein air. Il se moque : avec leur vieil Espace ? Et puis les premières falaises sont au Tréport. Elle a toujours détesté Le Tréport. Une mauvaise entorse sur les galets le soir de ses 30 ans en essayant de jouer à *Un homme et une femme* sur la plage. Chabadabada boum ! Trois semaines de plâtre en plein juillet, l'été où il a fait un temps de Californie dans l'Oise, celui de *Get Busy* de Sean Paul. Impossible de lui obéir et de bouger son corps. Une galère.

Il reparle des somnifères. Elle est d'accord. Il se renseignera sur internet. Une dernière chose : elle ne veut pas de vente aux enchères pour sa maison. Pas de cuisine laquée rouge. Christophe le lui promet. Il les endormira, puis aspergera le couloir d'essence et laissera une bougie en équilibre sur la rambarde de l'escalier. Ça lui va. Elle est soulagée. Christophe fait toujours les choses bien. Elle se souvient du jour où il a creusé le puits. Il a couru le jardin avec des baguettes de sourcier et s'est arrêté pile au-dessus de la nappe. « Tu en es sûr ? » a-t-elle insisté. Il en était certain, comme aujourd'hui. Elle ne se fait aucun souci. Il trouvera les bonnes doses, le bon endroit pour la bougie. Elle se sent libérée d'en avoir parlé. Longtemps, elle s'est demandé ce que ressentaient les gens touchés par la grâce de Dieu. Un détachement du monde, sans doute, le bonheur d'être libéré de tout, de ne plus avoir à chercher de réponses, de s'abandonner complètement, un sentiment de lâcheté aussi, celui de se soustraire à la vie, d'abdiquer. Elle a l'impression de ne pas en être loin. C'est si bon. Elle a souvent condamné le geste, mais elle y réfléchissait dans le vide, sans raison, elle comprend maintenant, c'est un raccourci, une sortie avant la sortie, quand la route devient si mauvaise que l'on n'arrive plus à tenir le volant. Elle n'a plus aucune peur. Ils emporteront les enfants avec eux, comme quand, tout jeunes, ils les sortaient du lit sans les réveiller et les installaient sur la banquette arrière pour prendre la route des vacances. Ils passeront de la grisaille au soleil sans s'en rendre compte. Elle libérera ses bébés de tout pour toujours.

Reste à choisir le moment.

– Demain, lui dit Christophe.

Elle ne discute pas.

Elle se souvient de Louise, sa grand-mère, assise dans le jardin, un jour de pluie d'été. Un immense arc-en-ciel tombait, touchant de sa pointe le bout du chemin du lavoir. Elles auraient pu en caresser les couleurs tellement il était près. « Tu vois, je suis comme lui, au bout de ma route. Encore un jour, c'est tout », avait-elle dit. Aline avait pris sa main pour lui confier les mots qu'elle n'avait pas su lui dire. Le lendemain Louise ne s'était pas réveillée, disparue comme l'arc-en-ciel.

Il faudra qu'elle demande à Christophe de lui laisser le temps de murmurer à l'oreille des enfants, se dit-elle.

Mathis est à la corde à Tarzan, emmitouflé dans sa cagoule. Le saule n'a plus qu'une seule branche. Elle a fini par couper toutes les autres pour les entasser contre le mur de la maison, elles brûleront avec. « C'est la branche du bonheur, on n'en a pas besoin d'autres », lui a-t-elle expliqué.

Léa, à la fenêtre, amoureuse, skype avec Paul. Aline l'entend rire. Christophe regarde la lettre de l'huissier partir en fumée dans la cheminée.

– Tu te souviens du jour où notre fille est née ? lui demande-t-elle.

Il les revoit tous les trois serrés les uns contre les autres sur le lit étroit de la clinique, son visage fatigué, le regard de Léa déjà curieux de tout, pendu à leurs sourires. Il leur semblait avoir le monde pour eux.

– Ce jour-là, je me suis dit que rien ne serait jamais aussi beau.

Lui s'était juré de les protéger, toujours, quoi qu'il arrive, de ne jamais manquer de souffle, d'être le sherpa de leurs soucis, de leur ouvrir les voies du sommet, et aujourd'hui il dévissait, emportant toute sa cordée, par peur du vide et de la faim. Il s'arrêtait en pleine ascension.

Brusquement, il a froid. Il passe les mains sous le pull d'Aline. Son ventre le réchauffe.

– Qu'est-ce qui nous est arrivé ? murmure-t-elle.

Pour la première fois il ne sait pas la rassurer. Il est comme l'arbre à Tarzan, amputé de tout ce qui faisait sa force.

172

– On n'a pas mérité ça, ajoute-t-elle.

Ça n'a rien à voir avec eux. Les donneurs d'ordre ne savent même pas qu'ils existent. Ils suppriment des postes, en rajoutent, en transfèrent, en fusionnent, derrière leurs écrans, les yeux rivés sur le SIG, le REX, le EBE, le EBIT. Ce sont les seuls noms qu'ils prononcent dans leur espéranto boursier, les autres n'existent pas, Sandra, Magali, Christophe, Cindy ne rentrent pas dans leurs tableaux Excel, ou alors toujours en soustraction.

– Je vais chercher l'essence, dit simplement Christophe.

Quand il revient, les enfants sont déjà dans leurs chambres. Aline a ressorti l'album des Baléares.

– C'était une putain de belle plage.

Christophe ne sait pas si elle rit ou si elle pleure.

– Ne t'inquiète pas, dit-il, ça va aller.

Il se couche comme elle aime, le ventre contre son dos, le bras droit sur son épaule, sa main dans la sienne, coincée entre son cou et son menton, pour la dernière fois. Les secondes leur semblent des heures. Ils s'écoutent respirer.

– Allô ? lui dit Aline.

Christophe sourit.

– Allô.

– Qu'est-ce que tu vois ?

– Non, toi d'abord.

Les images se bousculent. Elle n'arrive à en arrêter aucune.

– Alors ?

La mémoire est comme un buvard entre deux pages de cahier, elle ne garde que des traces. Des mots sans importance, des moments de rien.

– Je pense aux chenilles, dit-elle.

– Quoi ? s'étonne Christophe.

– Elles vont grignoter mon potager.

– C'est tout ?

Elle regrette d'avoir commencé.

– Non. Je pense à la peine de mes parents, elle aussi va les grignoter.

Il la serre contre lui.

– Et toi ? demande-t-elle.

D'habitude, pour s'endormir, Christophe dépense des lotos, des minuscules à 15 000 euros. Quand il est raisonnable il refait le toit de la maison, remet un coup de peinture sur les murs, quand il l'est moins il s'achète un quad, remonte le chemin du bois des Soupirs, s'enfonce dans les ravines, puis coupe le moteur et attend les cerfs. D'autres fois, il s'offre des millions, par dizaines, et sème autour de lui : des distributeurs de vrais espressos pour mettre fin à la lutte des tasses, un fauteuil roulant pour la fille de Victor, une femme de ménage pour Aline et le ciel du Pacifique au-dessus de la tête de ses enfants. Et enfin il s'endort, sans sentir la fatigue des fours.

– Alors, à quoi tu penses ?

– Aux écrevisses rouges.

Il ment. Il n'a en tête que leurs corps froids.

Il l'embrasse dans le cou. Elle lâche prise et ferme les yeux, juste quand on frappe à la porte.

Christophe se lève et cache le jerrican derrière les rideaux.

Il ouvre. Léa rayonne.

– Qu'est-ce qui se passe ?

– J'ai reçu un message du *Jeu des 1000 €*. Ils viennent à Clergeons en mai, Paul et moi nous sommes présélectionnés.

Elle l'embrasse.

– Je ne sais pas si je vais pouvoir attendre tout ce temps, ajoute-t-elle.

Aline se redresse, le drap sur la poitrine.

– Je suis contente pour vous, ma chérie.

Léa n'en revient pas : sa mère ne lui oppose même pas les révisions du bac. Elle textote déjà à Paul.

Christophe referme la porte. Aline le fixe du regard désespérément.

– Non, lui dit-il avant qu'elle ouvre la bouche.

Elle est d'accord, ça ne change rien.

Ils se recouchent et s'endorment, incommodés par l'odeur d'essence.

Le lendemain soir, Christophe s'est procuré les somnifères. Léa n'a pas faim. Mathis, à genoux sur le tabouret de la cuisine, se lave les mains dans l'évier. Aline s'enferme dans la salle de bains, écrase les cachets et les dissout discrètement dans une carafe d'eau qu'elle pose

175

sur la table. Elle n'a pas besoin d'en prendre, elle est déjà morte. Chaque regard des enfants la tue.

– Vous vous souvenez de la prière que mamie disait le soir de Noël ? demande-t-elle.

Mathis proteste :

– Mais c'est déjà passé, maman !

– J'aimerais qu'on la dise quand même.

Léa râle. Le regard noir de son père lui fait aussitôt joindre les deux mains. C'est ridicule, pense-t-elle, ils ne sont même pas baptisés. Aline ferme les yeux.

– « Mon Dieu, parce qu'il n'existe pas d'homme qui vive et qui ne pèche, pardonne-nous, épargne-nous d'avoir peur et guide-nous en ce Noël vers ton fils loin de la douleur et de la souffrance. Amen. »

Elle se signe lentement.

– Grand-mère disait « vous » à Dieu ! proteste Mathis.

« Quand on tutoie la misère, on peut bien tutoyer Dieu », pense Aline.

Christophe remplit les verres. Léa attrape le sien, reçoit un texto de Paul et le repose. Mathis demande qu'on y verse une goutte de vin. D'habitude sa mère s'étouffe, ce soir elle ne dit rien. Son père fait rougir un peu l'eau.

– Waouh ! C'est vraiment Noël, alors, plaisante-t-il en buvant d'un trait.

Aline les regarde tous les deux, pétrifiée. Léa pose son téléphone et lève son verre.

– Alors, à Noël en janvier ! Comme les orthodoxes.

176

Brusquement, Mathis convulse et recrache tout d'un jet. Aline reconnaît aussitôt l'une de ses éclipses. Elle est plus brutale que d'habitude. L'air lui manque, ses pupilles s'éteignent, son corps perd toute consistance.

Aline et Christophe le regardent hébétés, sans réagir.

– Mais vous faites quoi, là ? Il fait une crise, hurle Léa, il faut l'emmener chez le médecin !

La vie vient les chercher, plus forte que tout, indestructible, passant là où il a été décidé justement qu'elle ne passerait plus, têtue comme un rhizome de bambou.

Christophe monte en courant prendre les clefs de la voiture. En ouvrant la porte de la chambre il trébuche sur le jerrican d'essence. L'odeur lui donne envie de vomir, son idée d'en finir en famille aussi.

Aline couvre de caresses les joues diaphanes de Mathis.

– Reste avec nous, supplie-t-elle.

La route est déserte. Une lune rousse inonde les maïs. Ils sortent le médecin du lit.

– Cette fois, c'est une crise d'épilepsie, diagnostique-t-il.

Il lui donne de la Dépakine, puis leur fait un café. Lentement Mathis se détend. Ils n'ont pas d'argent. Le médecin a l'habitude. Avec de plus en plus de patients il est revenu au siècle dernier et accepte les pommes de terre ou les poulets. Les médecins sont devenus aussi pauvres que leurs malades, déclassés eux aussi. Une dégringolade en cascade, comme les horaires d'un panneau de la SNCF. C'est pire à chaque fermeture d'usine.

Les jeunes diplômés fuient les campagnes comme la peste. Même les Roumains refusent de s'y installer. Seuls demeurent quelques anciens, reculant sans cesse l'heure de leur retraite par fidélité aux familles, survivant sur leurs économies, bataillant contre le retour de la tuberculose et d'autres maladies jadis terrassées, en vrais héros, témoins impuissants de ce grand bond en arrière et de l'imbécillité des politiques aveugles à ces immenses trous noirs où disparaissent des villages entiers.

– J'aimais beaucoup votre grand-père. Il ne baissait jamais les bras.

Le docteur Granjon soigne la famille depuis toujours.

– Une fois, je l'ai vu affronter tout seul le patron d'une tréfilerie pour protester contre le licenciement de Liliane, une mère célibataire de deux enfants. Vous connaissez l'histoire ? demande-t-il.

Staline ne la leur a jamais racontée.

– Vraiment ? Pourtant ça a fait un bruit !

– Plus que *Le Jeu des mille francs* ? s'étonne Aline.

– Rien à voir. Là, il était allé chercher les enfants du directeur à la sortie de l'école et avait disparu avec eux. Toute la gendarmerie les recherchait. Finalement on les a retrouvés assis dans leur chambre. Votre grand-père était entré par la porte de service et les avait aidés à faire leurs devoirs avant d'aller s'enchaîner aux grilles de l'usine.

Alle caresse le front de Mathis. Elle aurait aimé lui transmettre de cette force dont on habillait toujours Staline. Elle se souvient d'un jour où après un bobo de rien il lui avait montré *Guernica* pour sécher ses larmes.

Le docteur Granjon continue :

– Quand les gendarmes sont arrivés, ils ont trouvé votre grand-père cadenassé, avec devant lui une pancarte. Elle disait : « Perdre son travail, c'est perdre son salaire et perdre son salaire quand on est mère célibataire, c'est souvent perdre ses enfants. Maintenant que vous savez ce que c'est, faites quelque chose pour Liliane. »

– Et alors ?

– Les ouvriers de la tréfilerie ont refusé de couper ses chaînes. Le directeur lui-même a dû s'y coller.

Il sourit au souvenir de la scène.

– Et Liliane ? demande Aline.

– Malheureusement, le directeur n'a rien voulu savoir, il l'a licenciée. Les gendarmes, par contre, ont refusé d'enregistrer sa plainte pour séquestration. Votre grand-père avait du courage pour les autres, vous savez…

Aline réveille doucement Mathis. Comment ont-ils pu croire un instant que la mort pouvait être une échappatoire ? C'est la faiblesse des pauvres et des petits de s'accrocher à l'existence, si médiocre soit-elle. S'il suffisait d'abandonner pour se libérer des souffrances, il n'y aurait pas autant de misère.

– J'avais dit à Léon de ménager son cœur, ajoute Granjon avec un soupir.

Il s'arrête un instant et prend la main d'Aline.

– Mais le laisser battre sans se battre, ça lui était impossible. Vous avez les mêmes gènes, Aline. N'abandonnez jamais rien.

Christophe porte Mathis dans ses bras jusqu'à la voiture, comme à la fin des vacances, sans le réveiller, il le déposait sur la banquette arrière, pour rentrer retrouver la grisaille.

Février

Un drap léger et caressant recouvre son corps. Aucun bruit ne trahit l'endroit. Elle est froide, morte, enfournée dans un casier, ou flottant loin d'Essaimcourt, dans le fameux tunnel blanc dont elle va bientôt découvrir le secret en retrouvant peut-être Staline.

Elle essaye de sentir l'étiquette accrochée à son orteil. Rien. Pas de signe des autres non plus. Ils ont peut-être survécu, réveillés par les flammes. Pourquoi l'ont-ils abandonnée ? Christophe aura sans doute voulu sauver les enfants d'abord, il aura couru, enjambé les braises, et les aura arrachés aux couvertures fumantes. L'essence a dû enflammer son côté du lit en premier. Ses cheveux se sont embrasés comme un feu de la Saint-Jean, puis son visage, ses épaules, ses seins, ses bras, son ventre, son sexe, et elle s'est consumée entière, sans pousser un cri, engourdie par les cachets. Elle s'imagine toute noire et recroquevillée. Aucune odeur de brûlé pourtant. Elle ne doit plus avoir de nez. Pas de douleur non plus, juste un sentiment de légèreté, comme si son corps avait été usiné, évidé, à la manière de ces cerfs-volants aux ailes ajourées pour monter plus vite au ciel. Elle y est presque, elle le sent. Elle va toucher la vérité.

Brusquement, l'alarme d'un téléphone la fait redescendre. Son pied glisse hors du lit. Elle laisse le filet d'air glacial s'engouffrant par l'entrebâillement de la fenêtre lui mordre la peau. Elle est toujours vivante. Il lui faut un long moment pour y croire. Les relents d'essence sont revenus, le jerrican aussi, drapé dans les rideaux. Elle touche son corps. Il est chaud. À côté d'elle les épaules dénudées de Christophe frémissent à chacune de ses respirations. Elle se penche, hume son odeur, se lève, passe devant la bougie toujours en équilibre sur la rambarde de l'escalier, se glisse dans les chambres des enfants et les renifle eux aussi. Elle a retrouvé l'odorat. Aucune odeur de mort, nulle part. Au contraire, ils ont ce parfum aigre-doux du matin.

Lentement la soirée lui revient, les comprimés pilés dans le verre à dents, les spasmes de Mathis, la lune rousse sur les maïs, les mots du médecin, sa main sur la sienne pour la rassurer, Léa endormie sur la banquette arrière, Christophe pleurant au volant, lui demandant pardon, la voiture arrêtée sur la route de la plaine et tous les deux blottis sous le palmier de la pépinière, grelot-tant, se jurant de ne plus jamais désespérer.

Elle tâtonne et trouve son portable. C'est un SMS de sa coiffeuse. Elle a pris rendez-vous la veille, pour le plaisir de composer le numéro une dernière fois avant de disparaître. Maintenant il faut qu'elle y aille. Elle s'habille, passe devant la glace, se trouve blanche et le visage creux. Elle a besoin qu'on s'occupe de son corps avant de l'habiter à nouveau. Elle imagine les doigts massant son crâne. Il faut procéder de la même manière avec sa vie, en prendre soin, pour se donner l'illusion de la garder toujours aussi belle et éclatante. Christophe a laissé la boîte de somnifères sur la table. Elle la range. Au fond du tiroir traîne une photo de ses beaux-parents posant devant la ferme familiale juste avant de vendre leurs terres à Univerre.

On croirait le tableau de Grant Wood et sa fermière au visage sévère, figée au côté de son père encore plus sinistre, posant une fourche à la main devant la façade en bois d'une maison blanche, dressée derrière eux comme un cercueil, celui de l'Amérique tout entière ravagée par la Grande Dépression, un genou à terre, empoisonnée par les actifs toxiques. Le même aveuglement qu'aujourd'hui.

Aline repose la photo et cherche les clefs de l'Espace. Elle, elle n'a plus de voiture. La banque la lui a reprise pour rembourser son crédit. Elle a expliqué aux enfants en avoir commandé une toute neuve sur un site américain, avec un réfrigérateur, le wi-fi et des écrans intégrés. Encore un mensonge qui va survivre à leur suicide raté.

Elle ferme la porte sans bruit et emmène le vieil Espace sur la route de la plaine encore toute gelée en fredonnant Black M. « Sur ma route… j'compte plus les soucis… de quoi devenir fou… » Folle, elle l'a été, pour avoir souhaité en finir, se dit-elle.

Brusquement, le vieil Espace râle, tousse et s'arrête. La sortie de cette nuit chez le médecin a vidé son réservoir. Elle n'avait pas prévu deux ravitaillements dans la même semaine.

– Merde ! lâche-t-elle.

Elle repense aux jours où elle laissait l'essence déborder. Les larmes brouillent les touches de son téléphone.

– Allô, Christophe ?

Il est encore au lit. Sa voix est inquiète.

– Mais où es-tu ?

Elle renifle.

– J'avais pris rendez-vous chez le coiffeur.

Il se redresse.

– Quoi ! Avant de mourir ?

Elle ne sait pas quoi répondre.

– Je sais, c'est con.

Il n'entend plus que ses sanglots.

– C'est d'être vivante qui te rend si triste ?

Elle se mouche.

– Bien sûr que non, idiot ! Mais je suis tombée en panne sèche.

– Où ?

– Devant la pépinière.

À travers la vitre elle aperçoit les chevreuils. Les quatre ont survécu, comme eux.

– J'arrive, lui dit Christophe.

Aline les regarde s'éloigner.

– Couvre-toi, dit-elle, il gèle.

Il faut dix minutes en été pour rejoindre à pied la pépinière, le double en février quand les routes sont verglacées. Parfois, seuls les tracteurs arrivent en haut de la côte. De la maison, la route grimpe jusqu'au calvaire, à l'entrée du parc du château, puis serpente entre les champs pour atteindre le bouquet d'arbres où l'attend Aline. Un pas sur deux, Christophe glisse, le jerrican du suicide à bout de bras. Dans la rue Neuve, la boue est encore plus dangereuse. Il peste. Personne n'entretient plus le village. Chaque année les fermes se délabrent un peu plus. L'avancée de la misère se reconnaît aux damiers de briques et de silex des hauts murs encerclant les exploitations à la manière d'un lasso. À l'instar de leurs propriétaires, ils sont tous édentés. On ne s'est jamais autant pendu dans les salles de traite, avec une corde à linge, une rallonge électrique, un cordon de fer à repasser, des bouts de drap, debout ou en pliant les genoux quand l'appentis est trop bas.

Au calvaire, Jésus est là, devant la grille du château, inutile, une main arrachée par un éclat d'obus, de la neige sur les épaules. Depuis la grève et le licenciement d'Aline, Christophe n'y croit plus, ni à lui ni aux autres et à leurs promesses d'un monde meilleur. Dieu, Karl Marx, Mark Zuckerberg se moquent bien d'eux. Les pauvres n'ont pas plus de chances de s'en sortir qu'un taureau dans l'arène. On les laisse espérer, c'est tout, pour mieux les obliger à tourner en rond, parce qu'on a besoin d'eux pour remplir les caisses, les églises et les réseaux.

C'est le même mensonge depuis toujours. « Chrétiens, prolétaires, facebookeurs de tous les pays, unissez-vous, le monde est à vous. » En vérité, il est à eux. Les Églises ne partagent que la compassion, les communistes presque jamais rien et les derniers, masqués derrière leurs smileys et leurs claviers, ont fait le braquage du millénaire. À 40 ans ils accumulent plus d'argent que les gouvernements, plus d'informations que tous les services de renseignement réunis, se moquent des frontières et des impôts, surpassent le pouvoir des États et multiplient les réseaux comme Jésus multipliait les pains, prêchant la même parole : « Likez-vous les uns les autres », mais en vérité ils émiettent les droits les plus élémentaires, dévalisent les vies privées et préparent une société à leur main où tout le monde sera transparent.

Au loin, la silhouette d'Aline s'agite. Elle est défaite, ravagée par sa nuit. La vue du jerrican lui tord le ventre. Christophe prend sa taille pour la dénouer. Elle retrouve l'amarre rassurante de ses bras, comme ce soir de bal, place Jeanne-Hachette, où, montée sur ses escabeaux en l'air, elle lui avait tendu ses lèvres. C'est promis, il va faire à nouveau tourner ses jupes légères. C'est juré, elle va laver leur amour à la machine. Pour la première fois depuis longtemps ils se sentent à nouveau forts d'être ensemble. Christophe l'embrasse. Ses lèvres sont gelées.

– Quand je pense qu'on aurait dû être morts ! dit-elle.

– Et alors ?

– Alors tu m'aurais manqué.

Il dévisse le bouchon du réservoir et vide le jerrican.

– C'est décidé, je ne me laisserai plus jamais emmerder, déclare-t-il.

Elle acquiesce bêtement.

– Je change de camp. Je passe dans celui des emmerdeurs.

La voiture démarre. Elle ne sait pas quoi répondre mais il lui fait du bien. Brusquement, la pluie s'est arrêtée. Elle pose la tête sur son épaule. Christophe lui caresse les cheveux.

– Et ta coiffeuse ?

Elle n'y pensait plus.

– Je l'appellerai. De toute façon je n'ai pas l'argent.

Il force une grimace.

– C'est dommage, parce qu'ils sont vraiment dégueulasses.

– Salaud !

Elle regarde le jerrican s'éloigner dans le rétroviseur. Si leurs problèmes pouvaient aussi s'évanouir…

Christophe a retrouvé le sourire.

– Tu ne veux qu'on passe voir les rosiers du château en rentrant ? demande-t-il.

C'est un immense parc où les descendants des premiers propriétaires de Wooly viennent déjeuner en famille à Pâques et aux grandes vacances.

– Mais tu sais bien qu'on a le droit que si les propriétaires sont là.

Il tord le cou et l'embrasse. La voiture fait une embardée.

– Attention ! crie-t-elle.

– Tu n'as pas compris. Je les emmerde tous, je te dis.

Quand ils rentrent, Paul et Léa révisent sur le canapé, les jambes-lianes enlacées sous un plaid. Ils les observent un instant.

– Alors ? dit le garçon.

Léa cherche les mots justes et les articule comme quelque chose dont il faut se souvenir mais qu'on oubliera vite.

– Alors… il prônait une société où les marchandises seraient produites non plus contre de l'argent pour amasser des profits mais pour être distribuées à tous en fonction des besoins de chacun.

Paul relit le texte en même temps. Il hoche la tête.

– Et ?…

– Et le problème, c'est que ceux qui possèdent les moyens de production s'en servent au contraire pour accumuler du capital.

– Comment ? relance-t-il.

Léa plisse les yeux d'effort.

188

– En payant les ouvriers assez pour qu'ils survivent, mais jamais pour la totalité des heures qu'ils passent réellement à travailler.

– Alors ?

Elle retrouve le sourire et déroule sa phrase sans hésitation :

– Alors c'est ce « surtravail » qu'ils effectuent gratuitement pour le patron qui permet la plus-value.

Paul acquiesce.

– Donc... continue-t-il.

– Donc le taux de profit s'oppose toujours aux conditions de travail des ouvriers, lance-t-elle d'une traite et fièrement.

Paul vérifie et enchaîne :

– Ce qui permet d'énoncer ?...

Léa se concentre pour se souvenir de la citation exacte et la marque de deux guillemets tracés dans l'air du bout de ses doigts pour bien qu'il comprenne.

– Que « plus la classe ouvrière augmente, plus elle accroît la puissance qui lui est hostile et renforce elle-même les chaînes dorées avec lesquelles la bourgeoisie la traîne à sa remorque ».

– Parfait ! applaudit Paul en lâchant le livre. Conclusion ?

Léa gonfle ses muscles.

– « Il faut donc pour se libérer que les ouvriers s'approprient les moyens de production. »

Christophe les interrompt :

– C'est du Jésus dans le texte ?

Léa hausse les sourcils et décolle de Paul, gênée.

– Non. Karl Marx, papa ! Où est-ce que vous étiez passés ? On s'inquiétait !

Aline la regarde avec tendresse. Elle la revoit pour la première fois depuis son cauchemar du matin.

– Je suis tombée en panne d'essence.

– Et vous en avez trouvé ? demande Léa en tirant sur sa jupe.

Si elle savait !

– Oui, on s'est débrouillés. En rentrant, on s'est arrêtés voir les rosiers du château.

Léa est surprise.

– Les propriétaires sont arrivés ?

– Non, mais on s'en fout, répond Christophe.

Son père a dit ça sur un ton qu'elle ne lui connaît pas, ajoutant aussitôt :

– « La terre appartient à ceux qui la travaillent. » Ça te dit quelque chose ?

À sa grande surprise, Paul se lève et répond :

– Emiliano Zapata, général d'une armée de paysans spoliés, l'un des acteurs de la révolution mexicaine.

Christophe est bluffé.

– On vous apprend ça au lycée ? s'étonne-t-il.

– Non, mais j'ai vu le film.

Il est encore plus impressionné.

190

– *Viva Zapata !*, avec Antony Quinn et Marlon Brando, prix d'interprétation masculine au festival de Cannes en 1952 ?

Staline le lui avait fait découvrir un après-midi, pas pour la réalisation d'Elia Kazan, traître d'avoir dénoncé des camarades pendant la période du maccarthysme, mais pour le scénario de Steinbeck, l'auteur des *Raisins de la colère*, un chef-d'œuvre de la littérature ouvrière. «Steinbeck, ça ne peut pas te faire de mal», lui avait affirmé le vieux militant.

Paul est ravi de s'être trouvé un point commun avec Christophe et essaye de pousser son avantage :

– Moi, je l'ai vu un soir à la télé avec mon père, précise-t-il.

– Et alors ?

– J'ai adoré.

– Et ton père ?

Le garçon hésite.

– Bof ! Lui trouve que toutes ces histoires de révolution ce sont des conneries. Il dit qu'il faut des patrons et des propriétaires, que plus il y a de profit, plus il y a d'investissement, et plus il y a de travail pour les ouvriers.

Léa frissonne. Aline remet un bout d'arbre à Tarzan dans la cheminée.

– C'est moi ou le chauffage est arrêté ? demande Léa.

Sa mère ment :

– Non, on a baissé la chaudière, ma chérie, on fait un geste pour l'environnement. Tu sais où est ton frère ?

– Au bout de sa corde, soupire Léa, comme d'habitude.

Aline jette un coup d'œil par la fenêtre.

– Je t'ai déjà dit de ne jamais le laisser là-bas tout seul. Tu ne te rends pas compte ! S'il fait un malaise, qu'il tombe et qu'il se noie... Tu dois le surveiller même quand Paul est là, sinon Paul ne viendra plus.

Léa se ferme aussitôt. Aline s'en rend compte et s'excuse. C'est stupide, la veille elle voulait les immoler tous les deux.

– Eh bien moi aussi, enchaîne Christophe, je m'excuse, Paul, mais ton père est un con !

– Papa ! s'offusque Léa.

– Quoi ? C'est vrai ! Si les patrons faisaient des profits pour aider les ouvriers à trouver du travail, il n'y aurait pas 9 millions de pauvres. Et je ne sais pas si on vous l'apprend à l'école, mais ça ne s'arrange pas.

S'installe un silence gêné.

– Paul, je ne sais pas ce que fait ton père et je ne veux pas le savoir, mais on ne doit pas être du même côté du manche.

Aline vole à son secours :

– Arrête avec tes généralités, tu nous fatigues. Les patrons ne sont pas tous comme ça !

– Ah oui ?

Il arrache une feuille d'un des classeurs de Léa et la lui tend avec un crayon.

– Alors, tiens, fais-moi la liste de tous ceux qui t'ont rendue plus riche.

Elle n'aime pas quand il est comme ça. Paul, lui, est content qu'on l'oublie un peu.

Aline hausse les épaules et s'en va dans la cuisine. Mathis ouvre la porte au même instant, frigorifié, son bonnet sur la tête et son écharpe à pompons autour du cou.

– Maman !

– Quoi ?

– J'ai froid. Qu'est-ce qu'on mange ?

Il grelotte.

– Demande à Karl ! hurle sa mère de la cuisine.

– À qui ?

– À Karl Christophe Marx, ton père. Il va aller te réquisitionner quelque chose à l'épicerie !

Mathis est perdu.

– Qu'est-ce qu'elle a dit ?

Christophe le prend dans ses bras et lui dévore les joues de baisers.

– Elle est géniale ! Votre mère est géniale ! répète-t-il. Elle a dit : « À chacun selon ses besoins. »

Léa regarde Paul, incrédule.

– Qu'est-ce que tu racontes ? crie Aline.

– Que tu es formidable, chérie ! Ce soir je m'occupe de tout, c'est moi qui cuisine.

Il se retourne vers Paul.

– Tes parents sont là ?

Le garçon s'attend au pire.

– Non, je suis venu réviser sans eux. Pourquoi ?

– Alors tu restes manger avec nous, ça me fait plaisir. Vraiment.

Léa est aux anges.

Tout le monde est assis. Christophe a dressé la table et sorti la nappe de Noël. Entre les assiettes, il a déposé des branches de jasmin d'hiver et allumé des bougies.

– Vous êtes prêts ? demande-t-il de la cuisine.

– Oui ! crient les enfants.

Mathis est excité, il adore les surprises. Paul est assis sur le bout des fesses, à l'aise comme un fakir. Léa, toujours souriante, attend sagement en jouant à passer son doigt au-dessus de la flamme, de plus en plus près. Aline, contrariée de s'être fait sortir *manu militari* de sa cuisine, marque le coup.

– Toasts au foie gras et à la confiture de figues servis avec… une coupe de champagne, bien sûr ! claironne Christophe en débarquant dans le salon, un immense plateau entre les mains.

Aline est sidérée. Les placards sont vides depuis une semaine. Elle cherche des yeux une réponse à la question qu'elle n'ose pas poser devant les enfants. Christophe évite soigneusement son regard. Mathis enfourne déjà les canapés.

– À Marx ! dit Christophe en levant son verre. J'espère que vous tomberez sur lui au bac.

Paul et Léa trinquent en se dévorant des yeux.

– Et à votre maman, surtout !

Il tend sa coupe vers Aline.

– À la vie, aussi, qu'il ne faut jamais sous-estimer, parce qu'elle nous apporte toujours des solutions d'attente ! continue-t-il.

Il l'embrasse.

– Et moi ? réclame Mathis.

– Oh ! Pardon, s'excuse Christophe. À Tarzan !

– Non, je veux porter un toast aussi.

– D'accord, mon fils. Alors à quoi ?

Le garçon hésite.

– À la branche du bonheur !

Il se retourne aussitôt vers sa mère.

– Je ne veux pas que tu la coupes, maman. Promis ?

Aline a honte de la cheminée bourrée jusqu'à la gueule.

– Non, mon chéri, jamais.

Christophe sert le fond d'un verre à Mathis.

– Mais ça ne va pas ! s'indigne-t-elle.

– Chérie, c'est du Ruinart, ça ne peut pas lui faire de mal.

Il se lève pour aller préparer la suite.

– Magrets de canard sauce groseille, accompagnés d'un chasse-spleen de 2005 qui n'a jamais aussi bien porté son nom et qui, comme Karl, je trouve, a bien vieilli, annonce-t-il avant de disparaître.

Aline, embarrassée, s'excuse auprès des enfants :

– Je reviens, leur dit-elle, je vais aider papa à la cuisine.

Elle disparaît. Paul et Léa en profitent pour se resservir une coupe et achètent le silence de Mathis en le laissant tremper ses lèvres.

– Il est cool, non ? demande Léa.

– Qui ? Ton père ?

– Oui.

– Il est plus relax avec moi, on dirait.

– Oui.

– Tu devrais en profiter pour lui reparler de l'année de césure.

Léa trouve qu'il exagère.

– Paul, ils font déjà la piscine !

– Oui, mais on ne sait jamais, il a peut-être eu une promotion, pour être aussi détendu.

« C'est vrai, se dit Léa, il n'est pas allé travailler depuis deux jours. »

Dans la cuisine, plantée devant son mari, Aline attend une explication.

– Alors ?…

– Quoi ?

– Tu as gagné au Loto ?

– De quoi tu parles ?

Il est en train d'ouvrir la bouteille de chasse-spleen.

– Le vin, le foie gras, le champagne et je ne sais quoi encore – j'ignore ce qu'il y a pour le dessert ! ajoute-t-elle, agacée.

– Un vacherin, chérie, mais c'est du surgelé.

196

– Arrête, Christophe, tu veux !

Il retourne les magrets.

– Tu devrais parler moins fort, les enfants vont nous entendre.

Elle se calme et murmure :

– C'est quoi ce bordel ? Hier tu nous suicides tous et ce soir c'est soirée Ruinart !

– Eh bien, je te l'ai dit, avant je faisais partie des emmerdés, maintenant je fais partie des emmerdeurs !

– Mais encore ?... s'impatiente-t-elle.

– Tu connais le principe de l'impôt sur la fortune ?

– Quel rapport ?

– Eh bien, j'applique le même sur les cons.

Il lui verse un fond de verre.

– Tiens, goûte-moi ça d'abord.

Elle avale une gorgée.

– Waouh ! Excellent, est-elle obligée d'admettre.

Il remplit son verre.

– C'est quoi cette connerie ?

– Un chasse-spleen 2005.

– Arrête, merde ! Je veux parler de ton truc à propos des cons.

– C'est ton idée, chérie.

– À moi ? s'étonne-t-elle.

– Oui. Ça m'est venu quand tu as dit à Mathis que j'allais lui réquisitionner quelque chose à l'épicerie.

Elle panique.

– Tu n'as pas fait ça ?

Christophe la rassure :

– Mais non.

Elle vide son verre, soulagée. Il lui en sert un autre. Elle se détend un peu.

– Alors, ça vient d'où, tout ça ? s'inquiète-t-elle à nouveau.

– Tu te souviens du cellier de la maison d'en face ?

– Bien sûr.

– Eh bien, ce crétin de nouveau voisin n'a pas changé la serrure.

– Et ?...

Il plonge la main dans sa poche.

– Et j'avais gardé le double de la clef, dit-il avec un immense sourire. Impôt direct sur les cons !

Elle vide son verre et éclate de rire.

– Non ! Tu n'as pas fait ça ?

Christophe lui fait signe de baisser d'un ton.

– Si.

– Putain, Christophe, c'est moche !

– Oui, mais c'est bon, dit-il en goûtant la sauce groseille. Et puis tu as entendu Paul...

Il mime le gamin.

– « Mon père pense qu'il faut réinvestir les profits pour soulager les ouvriers ! » Eh bien, c'est fait, et j'ai à peine entamé le capital.

Aline trempe ses doigts dans la sauce.

– Hum ! Et qu'est-ce qu'on dit à Paul ?

– Eh bien, « bon appétit ». On est chômeurs mais polis.

Elle n'en revient pas.

– Et tu sais quoi ?...

– Non.

– Depuis que je ne fais plus partie des emmerdés, j'ai plein d'autres idées, chérie. Ça m'a ouvert un tas de perspectives. C'est incroyable comme changer de camp développe l'esprit d'initiative.

Toute la semaine suivante, Christophe rejoint les grévistes le matin et rentre le soir prélever son impôt par petites doses, comme sait si bien le faire l'administration fiscale, sans que personne s'en aperçoive, en douceur, discrètement, une sorte de taxe Tobin sur les réserves d'épicerie. Du Coca pour les enfants, une excellente soupe de poisson de marque danoise, des bouchées fourrées au chèvre surgelées, du civet de lièvre sans doute préparé par la femme d'un chasseur, une barquette de pommes au four, une omelette norvégienne (pas terrible, d'ailleurs), quelques cuillerées de farine pour une pâte feuilletée, un excellent morgon de 2010 qu'il aurait été dommage de laisser vieillir un an de plus, du pesto italien, une confiture d'orange amère. Puis, profitant de la porte restée ouverte entre le cellier et la cuisine, il part à la recherche de tous les ingrédients qui lui manquent encore, de l'ail, des oignons, des pâtes, du beurre, un peu de semoule de couscous, quelques lamelles de beurre salé, une boîte de concentré de tomates, du parmesan frais et un rouleau de papier

199

sulfurisé. À chacune de ses expéditions nocturnes, Aline reste en contact avec lui par téléphone pour le prévenir si quelqu'un s'aventure dans la rue ou si un des enfants se réveille.

Un soir, une fois Léa et Mathis partis se coucher, alors qu'ils attaquent la fin d'une deuxième bouteille de saint-estèphe, domaine de la Châtellenie de Verneuil, un haut-médoc charpenté, à la bouche harmonieuse et à la note finale pleine de fraîcheur, avec un nez de cerise légèrement vanillé, jeune encore, mais offrant l'immense avantage d'être stocké en nombre, par cartons de six, et donc à la disparition plus discrète, Christophe fait part à Aline de son inquiétude.

– Il faut qu'on laisse reposer le cellier un moment, le temps que les voisins refassent quelques courses, lui dit-il gravement avec une difficulté à articuler due au grand cru, sinon ça va finir par se voir.

Elle regrette, la diction elle aussi alourdie par les tanins :

– C'est dommage, parce que, tu diras ce que tu voudras, le type est peut-être con, mais il a du palais.

Christophe approuve et sort une mignonnette en plastique remplie d'un fond de liquide jaune.

– Tu lui as piqué son échantillon d'urine ou quoi ? se moque Aline.

– Pas du tout, corrige-t-il en leur versant deux fonds de verre. Je lui ai juste emprunté une larme de son vieil armagnac. Et regarde ce que j'ai trouvé, planqué derrière les confitures...

Il sort son tabac à rouler et fouille à l'intérieur du sachet.

– Un bout de shit noir.

– Non ! s'exclame-t-elle.

Elle n'en revient pas.

– C'est à Paul ou à lui ?

– Aucune idée, mais ça va nous rappeler Led Zeppelin. Enfin, si je sais encore rouler...

Il émiette la boulette sous la flamme de son briquet.

– On n'a plus de papier, regrette Aline.

– Merde !

Il pioche dans les manuels de Léa dispersés sur la table et en attrape un.

– C'est quoi ?

Il regarde la couverture.

– EMC : enseignement moral et civique !

Ça les fait éclater de rire.

– Et qu'est-ce que ça raconte ?

Il l'ouvre à la première page.

– Déclaration des droits de l'homme. Préambule : « Tous les êtres humains doivent agir les uns envers les autres dans un esprit de fraternité. »

– Eh bien, j'attends toujours, commente Aline.

Christophe parcourt le texte.

– Tiens, pas mal non plus ! Article 25 : « Toute personne a droit à un niveau de vie suffisant pour assurer sa santé, son bien-être et ceux de sa famille, notamment pour l'alimentation… »

Il touche le papier.

– Trop épais. Dommage. Tu sais ce qu'il me faut ?

Il se lève et se dirige vers la bibliothèque.

– La bible de ma grand-mère.

– Ah non, Christophe ! Tu ne vas pas…

Il l'arrête :

– C'est bon, chérie ! Ça pourrait être édité par OCB tellement c'est fin.

Aline proteste encore.

Christophe arrache une page au hasard. Il roule.

Elle abdique et rit.

– Alors, on fume quoi ?

– Je ne sais pas, moi.

– Eh bien regarde, s'amuse-t-elle.

Il râle, déroule la feuille, repose le shit dans le creux de sa main et lit :

– Jérémie 5,27-28 : « Comme une cage est remplie d'oiseaux, leurs maisons sont remplies de fraude. C'est ainsi qu'ils deviennent puissants et riches. Ils s'engraissent, ils sont brillants d'embonpoint. Ils dépassent toute mesure dans le mal. Ils ne défendent pas la cause de l'orphelin, et ils prospèrent. Ils ne font pas droit aux indigents. »

Il lève son verre d'armagnac.

– À Jérémie !

– Aux droits de l'homme ! ajoute Aline.

Elle trempe ses lèvres et fait la grimace.

– La vache, c'est fort !

Christophe se moque :

– 40 degrés, comme ton programme laine.

Brusquement, Aline se redresse.

– Merde ! dit-elle. Ça me fait penser qu'on n'a plus de lessive non plus.

C'est comme si elle l'avait électrocuté par mégarde. En une seconde il est debout.

– Le gros de Jérémie, dans la Bible, ça ne te rappelle personne ?

Elle ne suit plus. Le mélange de haut-médoc et d'armagnac, sans doute. Il roule, allume et lui passe le joint. La tête d'Aline explose à la première bouffée. Lui s'arrache la gorge.

– Le gérant de l'épicerie à Clergeons, tousse-t-il. Lui s'engraisse, en se foutant de la cause de l'orphelin et du préambule de la Constitution.

– Waouh ! Ça te fait toujours le même effet ! À 20 ans, tu rentrais dans les commissariats en hurlant que c'était l'heure de la traite !

Il ne l'écoute pas.

– Fais-moi une liste de courses, on va lui rappeler la Bible, Karl Marx et la Déclaration des droits de l'homme, à celui-là !

– Quoi ? À cette heure-ci ! proteste-t-elle. Mais c'est fermé !

– Eh bien, on va ouvrir ! Il est tellement radin qu'il n'a jamais voulu poser de système d'alarme. Je le sais, il nous a envoyés promener trois fois quand j'en installais.

Elle n'arrive pas à croire que cette discussion a lieu.

– Christophe, redescends. On ne va tout de même pas braquer une épicerie !

Il se défend :

– Bien sûr que non ! On va juste appliquer l'article 25, chérie.

– Tu es complètement fou...

– Allez ! insiste-t-il. On va répartir un peu les richesses, c'est tout.

Elle ne sait pas pourquoi, ou plutôt si – à cause de son sourire désarmant comme une prise d'aïkido –, mais elle finit par accepter.

– D'accord, mais juste de la lessive et le strict nécessaire. Promis ? De quoi nous dépanner, c'est tout.

Il écrase le joint.

– Juré. Je monte vérifier que les gosses dorment. Tu vas voir, on sera revenus avant d'être partis. Prends quand même la cagoule de Mathis et son écharpe, pour les caméras.

Le commandant Trancart, de la brigade de gendarmerie de Clergeons, regarde pour la troisième fois la vidéo de surveillance de la supérette sise au 6 de la rue Charcot. Incroyable ! À 23 h 35 précises, on y voit clairement deux individus, manifestement un homme et une femme, l'un le visage masqué par une écharpe rouge à pompons blancs, l'autre portant une cagoule d'enfant, pénétrer par la porte arrière de l'épicerie, le premier tirant un chariot à roulettes, le second une liste à la main. Les deux individus se dirigent directement vers le rayon des détergents, hésitent, s'emparent d'un paquet de lessive avec adoucisseur, puis changent de linéaire, choisissent des sacs-poubelle de 50 litres, trois boîtes d'allume-feu et un flacon de Canard WC. En repartant, le plus corpulent des deux (l'homme, sans doute) tente de mettre discrètement dans le chariot un paquet de Paille d'Or à la framboise et une boîte de tube de crème de marrons. S'ensuit une discussion animée entre les deux, la femme s'énervant d'abord avec des gestes désordonnés, essayant de lui arracher les produits des mains, avant de s'écrouler de rire au pied du rayon, l'homme montrant quant à lui quelques difficultés à tenir debout mais finissant par accepter, hilare lui aussi, de remettre les Paille d'Or et la crème de marrons à leur place, une reddition aussitôt récompensée par un long baiser de la cagoule à l'écharpe. La suite est encore plus invraisemblable. À 23 h 45, sortie des deux individus, puis retour du couple, quatre-vingt-cinq minutes plus tard, à 1 h 10 du matin, sans liste et sans chariot cette fois, juste pour échanger les sacs-poubelle de 50 litres contre des sacs de 100 litres et finalement prendre un paquet de Paille d'Or à la framboise.

En vingt-cinq ans de carrière, le commandant croyait avoir tout vu : les voitures-béliers, les braquages à main armée, les saucissonnages, les toxicos arracheurs de caisse. Eh bien non ! Et son cauchemar ne s'arrête pas là. Dès le lendemain le couple récidive, au nez et à la barbe de sa brigade, dans trois autres supérettes du canton, toujours insaisissable, emportant chaque fois des biens de première nécessité et toujours en quantité raisonnable. Pour ne rien arranger, la presse locale s'empare de l'affaire, déclenchant la réaction immédiate des politiques. La responsable régionale du Front national, interrogée par *Le Courrier de l'Oise*, hurle au scandale, accusant les migrants en route pour Calais. Dans *Le Matin de Beauvais*, le représentant du Nouveau Parti Anticapitaliste applaudit, parlant des « Supérettes du Cœur », de cambriolages alimentaires, d'un juste retour des choses dans une région où s'accumulent les fermetures d'usines et les plans sociaux. Mais c'est la journaliste de *Courrier 60*, en rapprochant le vol de lessive et le plus célèbre couple de bandits américains durant la Grande Dépression, qui déclenche les passions, surnommant la femme à la cagoule et l'homme à l'écharpe de ski les « Bonux and Tide du Beauvaisis ».

Aussitôt tout le monde s'enflamme. Dans les cafés, les cours d'usine, les allées de Simply, chacun y va de son commentaire, magnifiant les héros ou vilipendant les bandits, avec l'envie de leur élever une statue, de les pendre haut et court ou de les jeter en prison. Même Mathis exaspère sa sœur en gesticulant partout dans la maison, jurant que « Bonux et Tide » lui ont volé sa cagoule et son écharpe, l'empêchant de réviser tranquillement en grignotant ses Paille d'Or.

Mars

– Allô, Christophe ?

Il reconnaît la voix de Kilian.

– Oui.

– Mais qu'est-ce que tu fous ? Ça fait une semaine qu'on ne t'a pas vu !

Il s'excuse :

– Je sais. C'est compliqué à la maison en ce moment.

– Et à l'usine, tu crois que c'est Disneyland ?

Kilian est toujours monté sur ressort.

– J'ai loupé quelque chose ? demande Christophe.

– Ces salauds laissent pourrir la situation, ils savent que nos crédits continuent à courir.

– Et Hobileau ?

– Le type a disparu depuis quatre semaines. Il paraît qu'il est en Chine.

– Vous négociez avec qui alors ?

Kilian s'agace :

– Avec personne, je te dis ! Ils s'en foutent, ils attendent qu'on craque. On cherche toutes les bonnes idées pour se sortir de là.

Christophe n'en a pas. Il fallait y penser avant de se mettre les DRH et les avocats d'Univerre à dos. La grève, ce n'est pas son idée, alors qu'ils se démerdent. Il en a marre de dormir sur un matelas pneumatique entre deux machines, avec une odeur d'huile et des chiottes toujours occupées. Marre de se demander si le jerrican va laisser une cicatrice entre Aline et lui, de ne pas savoir si sa vie va reprendre. Il aimerait pouvoir la choquer, la faire repartir. Combien de temps pourront-ils mentir aux enfants ? Combien de jours avant que maître Gaston n'emporte leurs vélos et leurs ordinateurs ? Et puis, il n'a pas l'âme d'un militant. Ça l'emmerde. Il en faut, la preuve, mais pas lui, il n'a jamais aimé traîner en bande, il a toujours détesté la camaraderie obligée, les décisions à la majorité, même adolescent. « On va à la piscine ou au foot ? Chez McDo ou au KFC ? » Lui finissait toujours seul sur le trottoir à mâcher un mauvais sandwich de boulangerie. Alors aujourd'hui, savoir s'il faut poursuivre la grève ou l'arrêter, calmer le mouvement ou le durcir... Il se demande pourquoi il a pris l'appel.

– Les gars commencent à craquer, lui confie Kilian, Yanis propose de piéger les fours.

Christophe n'y croit pas.

– Le tatoué de la CGT ? Mais il était contre l'occupation ! Il a fallu que tu lui tordes le bras.

– Eh bien, il se trimballe avec des bonbonnes de gaz, maintenant.

– Putain! Vous êtes tous fous.

– Désespérés, corrige Kilian. C'est pire.

Il se fait suppliant:

– Ramène-toi, s'il te plaît, j'ai vraiment besoin de toi.

Ça n'avait pas toujours été comme ça. Christophe et lui s'étaient longtemps conduits comme des petits coqs, multipliant les coups de bec, au lycée d'abord, chacun gonflant ses plumes, bombant le torse devant les professeurs, accumulant les conseils de discipline pour impressionner les filles, puis plus sérieusement un soir de bal autour d'Aline où les nez avaient saigné, et plus tard surtout à l'usine, lorsque Christophe avait été promu et que Kilian était monté sur ses ergots pour organiser la fronde dans les ateliers. Puis ils s'étaient mariés tous les deux, Christophe avec Aline et Kilian avec Audrey. Ouvrières chez Wooly, elles travaillaient sur la même machine, et les deux coqs assagis s'étaient apprivoisés en se retrouvant chaque mercredi chez la nourrice pour récupérer leurs enfants.

Christophe a envie de l'envoyer balader, lui et tout le reste, Hobileau, les Chinois, les bonbonnes de gaz, les slogans ridicules qui leur donnent l'illusion d'une victoire alors que l'échéance est inévitable. Puis il se rappelle les cachets écrasés, la bougie sur la rambarde, l'odeur d'essence. Après tout, se dit-il, il était prêt à aller jusque-là, alors il peut bien supporter encore quelques

211

nuits de plus les effluves d'huile et les matelas pneumatiques.

– OK, j'arrive, promet-il à contrecœur.

– Merci. Et ramène du café, ajoute Kilian avant de raccrocher.

Dans la cour de l'usine, c'est Woodstock et Waterloo. L'odeur d'herbe et de merguez se mêle à celle des pneus en feu. À travers l'épaisse fumée noire, dans le chaos de l'occupation, au milieu des flacons fracassés, quelques jeunes silhouettes, des CDD, essayent d'oublier le chapelet des jours sans paye en s'agitant sur une playlist de mariage. Plus loin, attablés autour de palettes empilées, les CDI réinventent le monde ouvrier en vidant des bières, l'enluminant de primes à quatre chiffres. Dans leur coin, les cégétistes confectionnent de nouvelles banderoles. Seul au mégaphone, Yanis s'acharne à remettre au goût du jour le refrain d'un chant de la Commune datant des jours sanglants de 1871 où Thiers reconquérait Paris, abandonnant les cadavres et les espoirs de trente mille insurgés sur les trottoirs.

> *Ça branle dans le manche,* chantaient en mourant
>   les communards,
> *Les mauvais jours finiront.*
> *Et gare à la revanche,* ajoutaient-ils,
> *Quand tous les pauvres s'y mettront.*
> *Quand tous les pauvres s'y mettront.*

Cent quarante-quatre ans après, les pauvres ne s'y sont toujours pas vraiment mis ! C'est désespérant, remarque Christophe. Pourtant, la colère gronde partout, chez Univerre, dans les fermes, les usines, les banlieues, les villages. Mais, sourds au désespoir, les successeurs de Thiers ne l'entendent toujours pas. Un vrai mépris du peuple à l'odeur des brioches de Marie-Antoinette, annonciateur de toutes les révolutions. À condition bien sûr de trouver des hommes de courage prêts à risquer leur tête et leur CDI pour s'opposer aux marquis de la finance, poudrés de leurs bénéfices, cent fois renfloués par les États, réclamant l'abolition de tous les privilèges acquis sauf les leurs.

En franchissant la grille, Christophe se demande si le « Tide » qu'il cache en lui est de ces hommes-là. Mais l'épisode des supérettes n'est qu'un shoot de rébellion sans suite pour l'aider à se sentir encore vivant, il le sait. En vérité, en achetant le jerrican, il a renoncé, préférant disparaître en lâche plutôt que de s'opposer en héros.

À sa décharge, tente-t-il de se convaincre, les ouvriers se dressent rarement contre le système. Même avec de l'eau jusqu'au cou ils espèrent encore, il faut attendre que le niveau de désespoir atteigne les mocassins des couches supérieures pour voir se dresser les barricades. Aujourd'hui la France y est presque. Une grande partie des infirmières, des professeurs, des artisans, des médecins a déjà les pieds dans l'eau. Plus personne ne se sent au sec. Chacun tremble de devoir renoncer à sa manière de vivre, d'être obligé de sacrifier la scolarité d'un enfant sur deux, de ne plus pouvoir s'occuper dignement de ses parents. La marée monte, inexorablement, inondant les classes moyennes. Les familles réclament désespérément les secours. Elles espèrent des bouées et on leur jette des modes d'emploi pour s'en fabriquer. Chacun doit devenir son propre sauveteur, s'auto-employer, chercher son salut dans l'économie de partage, louer sa voiture, sa perceuse ou son appartement, se « blablacariser », s'« ubériser », se « crowdfundiser » pour pallier la frilosité des patrons et des banques, et, ultime abandon, accepter d'être licencié plus facilement pour espérer être embauché.

— Tu as apporté du café ? demande Kilian.

— Non, je n'en ai pas trouvé.

— Tu aurais dû passer à l'épicerie !

Tout le monde ne parle que de ça.

— Tu as vu ? demande Yanis en posant son mégaphone. Moi, je suis à cent pour cent derrière eux. Le vol, c'est le crédit des surendettés.

— C'est comme à Churchill, en Alaska, explique un gars du four numéro quatre. Les ours viennent jusqu'en ville pour bouffer dans les poubelles des beaux quartiers, parce que, à force qu'on les vire de partout pour construire et faire du pognon, ils n'ont plus d'endroit où survivre, et en banlieue toutes les poubelles sont déjà vides.

Gwendoline, une jolie blonde de l'emballage, une «ISF», une Intérimaire Sans Fin, comme se moquent les gaillards de la logistique, se fait une place dans la conversation :

– Moi, je trouve ça dégueulasse ! J'ai entendu le type de l'épicerie aux infos, il est smicard comme nous, sauf qu'il bosse soixante heures par semaine. Ce sont des connards, ces «Bonux and Tide» ! Ça ne me dérange pas qu'on prenne aux riches, mais qu'ils s'attaquent aux vrais, à ceux qui ne savent même pas combien ils gagnent.

Christophe a l'impression d'assister à un procès où tout le monde ignore qu'il est l'accusé. De toute sa vie d'honnête ouvrier, il n'a jamais suscité autant de passion. Il a fallu qu'il braque une épicerie pour ça.

– Et toi, lui demande Kilian, tu en penses quoi ?

Willy, un agent de la sécurité, le talkie à la ceinture et la lacrymogène discrète sous le blouson, le sauve *in extremis* :

– C'est des conneries, tout ça ! Si quelqu'un vient ici voler parce qu'il a faim, je lui donnerai la marchandise moi-même. Il y a trop de gens qui vivent de rien. Un jour, si ça continue, on ira au plus gras, on bouffera tous du riche.

ISF le toise de ses yeux bleus et s'énerve :

– Bravo ! Ça vaut la peine qu'on se ruine en sécurité ! Et qu'est-ce que tu en sais, toi, qu'ils avaient faim, ces deux connards ?

Christophe ne peut rester sans réaction.

– Peut-être parce qu'ils n'ont rien volé d'important, essaye-t-il de se justifier, seulement le nécessaire pour leurs enfants peut-être.

L'intérimaire le pointe du doigt.

– Alors toi, le jour où tu as un problème tu rentres chez un épicier et tu te sers ? Tu prives ses gosses pour nourrir les tiens ! Moi, j'appelle ça de la lâcheté, un manque de courage.

Christophe lui fait baisser le bras et explose :

– Tu es qui, toi, pour savoir si je manque de courage ? Tu as 25 ans, tu débarques avec un master en je-ne-sais-quoi, et en attendant un boulot sympa tu enchaînes les missions d'intérim et les primes de précarité en prenant le poste d'une gamine sans diplôme et au chômage ! Ça aussi c'est du vol ! Alors tes leçons...

Elle le coupe :

– Non, c'est du déclassement – tu en as déjà entendu parler ? C'est ce qui attend tes enfants pour qui tu te ruines en études et qui vont finir comme moi sur une belle voie de garage après vingt-cinq stages.

Yanis tente de les calmer mais Christophe, rouge de rage, n'en a pas terminé.

– Qu'est-ce que tu connais aux enfants ? Tu en as ? Non ! Alors tu devrais en profiter pour te bouger et aller chercher le boulot pour lequel tu as été formée au lieu de squatter l'atelier emballage ! Ça, c'est du vrai manque de courage.

Il se surprend à parler comme Macron.

Elle hausse les épaules. Plus possible de l'arrêter :

– Tu parleras de courage quand tu auras enchaîné quinze ans d'atelier en passant de réévaluation du SMIC en réévaluation du SMIC avec en remerciements une semaine de chômage technique dès que les commandes baissent et une retraite à deux balles.

Les CDD interrompent leur playlist pour s'en mêler.

– Il a raison, dit à ISF un grand type de l'emboutissage, ses lunettes de sécurité toujours sur le nez. Moi, tu sais quoi ?... Je ne rêve plus. Ils ont même fini par m'enlever ça. À quoi tu veux rêver à 37 ans avec 1 200 euros par mois ! Aux vacances ? Je ne dépasse jamais les putains de galets de Dieppe. À une maison ? Mon banquier m'a fait comprendre que j'avais plus de chances de choper Shakira qu'un crédit immobilier. Alors qu'est-ce qui me reste ? La baise ? Mais en faisant attention, alors, parce que j'ai déjà deux gosses. La picole ? Mais en faisant encore plus gaffe, parce que si je perds mon permis je perds mon boulot.

Gwendoline, encerclée, n'ose plus ouvrir la bouche.

– J'ai même laissé tomber le Loto, une chance sur 20 millions ! Pour les riches, l'État a plus d'imagination, chaque semaine il leur invente de nouveaux produits défiscalisés. Et les banques, vous croyez qu'elles les emmerdent avec le surendettement ? Ils doivent bien se marrer à nous voir gratter toute la journée devant nos machines et fouiller nos poches pour aller encore gratter

217

dans les cafés pendant qu'ils font des allers-retours sur les taux de change.

Tout le monde est dégoûté.

– Ils ont la chance qu'on puisse télécharger gratuitement et s'abrutir de séries à la con, sinon ça aurait pété depuis longtemps, renchérit un autre. Le capitalisme doit beaucoup à Torrentz et au Pirate Bay ! D'ailleurs, c'est lui qui les a inventés – on n'est jamais mieux servi que par soi-même. Alors moi je dis : « Bravo, Bonux and Tide ! », ça pourrait être n'importe lequel d'entre nous.

Il se retourne vers Gwendoline.

– Et tu te trompes, il faut beaucoup de courage au contraire pour oser ce qu'ils font. Tu comprendras ça un jour.

Elle retourne à sa bière.

Kilian monte sur l'empilement de palettes.

– Écoutez-moi, tous. Ça commence à devenir difficile pour tout le monde. Il faut décider de ce qu'on fait. Nous en sommes au deuxième mois d'occupation et nous n'avons plus aucun contact avec la direction.

– Enculés ! hurlent les CDD.

Yanis prend son mégaphone.

– Ils sont en train de nous endormir. Je suis sûr qu'ils préparent quelque chose. On doit être plus malins qu'eux. C'est pour ça que je propose de piéger les fours : si on saute, ils sautent avec nous.

Les filles sifflent entre leurs doigts.

– Non, ça va trop loin, Yanis, on n'est pas des terroristes ! s'oppose un type de la logistique, casque sur la tête.

La moitié des CDI approuve d'un grondement. Le syndicaliste les fait taire aussitôt.

– Vous vous trompez, les gars. C'est la guerre, et ce n'est pas nous qui l'avons déclarée. On n'est pas des terroristes, on est des résistants, et on résiste avec ce qu'on a. Les fours, c'est notre bataille du rail. Chaque centimètre de suie qui ronge ces putains de cheminées, c'est des années de votre travail et de votre santé. Il n'y a pas de raison qu'ils continuent à les faire tourner sans nous. Il faut qu'on aille jusqu'au bout, maintenant.

– Je suis d'accord, faut leur montrer qui on est ! hurle un jeune cariste.

Un autre entame *Le Chant des partisans* pour déconner :

– « Ohé ! saboteur, attention à ton fardeau, dynamite ! »

La réunion part en vrille.

– Sors d'ici, Jean Moulin ! gueule un vieux.

– Shakira ! Shakira ! enchaînent les buveurs de bière pour qu'il se taise.

Kilian lui arrache le mégaphone des mains.

– Je propose qu'on vote au lieu de brailler. Qui est pour le sabotage des fours ?

La résistance se compte sur les doigts d'une main.

Yanis est écœuré.

– Et qui veut continuer l'occupation ?

Une ola de bras sans enthousiasme traverse la cour.

Christophe, énervé, monte sur une chaise.

– C'est bien joli, tout ça, mais on fait comment pour vivre ? Je vous rappelle que les banques nous ont lâchés.

Les « Shakira ! » des CDD et les insultes des buveurs de bière se mélangent, on a l'impression que tous les grévistes traitent la chanteuse d'enculée. Ça fait rire l'assemblée.

C'est ISF qui met tout le monde d'accord.

– On n'a qu'à exiger de Simply qu'ils nous ouvrent une ligne de crédit, par solidarité, propose-t-elle. Après tout, ce n'est pas le CAC 40 qui les fait vivre, c'est nous, en remplissant nos Caddie et en payant rubis sur l'ongle depuis des années.

Personne ne trouve rien à redire. Pas même Yanis.

La séance est levée. La grève continue.

« Comment vas-tu ? Je tiens une permanence demain au bistro, tu peux passer vers 11 heures, ça me ferait plaisir d'avoir de tes nouvelles. J'ai peut-être un truc pour toi. » Le texto est signé Cindy.

Depuis son escapade à la supérette, Aline n'a pas remis les pieds à Clergeons. La syndicaliste lui a donné rendez-vous à L'Espoir, le café des ouvrières, un établissement en briques rouges à l'enseigne des brasseries d'Artois où l'on sert encore du Picon-bière, accompagné de fines tranches de boudin noir en guise de cacahuètes. Les derniers mots de Cindy l'ont poussée à prendre le risque de démarrer le vieil Espace malgré une fine neige tardive tombée dans la nuit.

La pépinière ressemble à un Renoir, monochrome et figé. Aline, fragile comme un greffon à la merci d'un nouveau rejet, se concentre sur la conduite glissante et s'interdit de trop espérer. Même ainsi absorbée, elle n'arrive pas à empêcher son esprit de dérouler la liste de ses derniers échecs : son licenciement, les mensonges aux enfants, sa formation de « voleuse de pauvres », le jerrican, la porte fracassée de l'épicerie. Ils défilent à la vitesse des arbres en bordure de route. Sur le siège passager, l'écharpe et la cagoule lui rappellent sa débâcle. Elle les a emportées pour s'en débarrasser, Mathis pose trop de questions. Un instant, elle cherche les chevreuils des yeux pour tenter d'interrompre ce chapelet de bleus encore douloureux. Elle ne trouve qu'une longue ligne de chasseurs marbrés de camouflages, avançant inexorablement vers la lisière du bois. Dans sa vie aussi ils sont partout, la repoussant de plus en plus loin du monde pour l'achever discrètement : les huissiers, les banquiers, les sociétés de recouvrement, les impôts, EDF, tous brandissant bien haut les mises en demeure, les commandements de payer, les derniers avis avant saisie, autant de permis de la mettre à mort pour se donner bonne conscience. C'est l'hallali.

Elle valait mieux, pourtant. Il y a peu de temps encore on se disputait sa compagnie. Elle encombrait ses journées de rendez-vous inutiles, d'apéros, de déjeuners du

week-end, de mèches chez le coiffeur, de sorties ciné/
pizza quatre-fromages entre copines au multiplexe de la
zone industrielle. Son téléphone sonnait, on comptait
sur elle, on lui faisait promettre « à demain » ou « à très
vite », elle embrassait, lançait des « ciao » avec la main,
textotait des « merci » et des « je t'aime ». Depuis, comme
un cyclone, le chômage a déforesté sa vie, plus un de ses
arbres ne tient debout, on dirait les montagnes pelées
d'Haïti, rien pour arrêter l'érosion, personne, un Sahel
affectif. Elle ne parle plus qu'à des guichets et des hygia-
phones, n'appelle plus que des numéros à quatre chiffres,
surtout le 3949, ne s'adresse plus qu'à des répondeurs et
à des voix numériques, articulant lentement son identi-
fiant à sept chiffres et ses mots de passe, punie, bannie,
coupable simplement d'avoir la quarantaine juste à la
pliure entre l'économie d'hier et celle de demain. Elle se
demande ce que vont devenir tous ceux qui travaillent
avec leurs mains. Où vont disparaître leurs gestes, dans
quels musées ? Les terrils et les mines sont déjà classés
au Patrimoine de l'Unesco. Quel avenir pour toutes ces
usines mortes ? Des cars scolaires y emmèneront peut-
être les enfants pour observer des ouvriers faisant semblant de travailler en tournant en rond autour de
machines débranchées comme les singes des zoos font
semblant de vivre libres.

La route se resserre au milieu du duvet des blés
d'hiver. À la jonction avec la nationale de Beauvais, passé
le dernier virage au bout de la plaine, brusquement, la

lumière bleue d'un gyrophare la pétrifie. Les gendarmes barrent le chemin. Son cœur s'arrête, puis repart, soulagé. C'est mieux comme ça. Elle n'aura plus à mentir. Dans un réflexe désespéré, elle détache sa ceinture, plonge vers le plancher et tente de glisser les preuves qui l'accablent sous le siège passager. L'Espace fait une embardée, écrase quelques semis, puis rentre dans le rang et s'arrête aux pieds des uniformes.

Le commandant Trancart a les doigts qui commencent à geler.

– Descendez du véhicule, ordonne-t-il.

Elle lui trouve la victoire plutôt modeste, pour un homme qui leur court après depuis des semaines. Mais peut-être se réserve-t-il pour la presse. Elle se demande ce qui les a trahis, imagine déjà les titres et la honte des enfants. « Du chômage au braquage », « De l'obéissance à la délinquance ». Pourvu que son arrestation ne compromette pas la participation de Léa au *Jeu des 1000 €*. Une fille de voleuse représentant Clergeons sur la radio publique : impossible. L'idée lui traverse la tête. La question aussi. « Question, de M. Trancart : Quel couple de chômeurs devenus braqueurs était originaire du village d'Essaimcourt, dans l'Oise ? » Elle regarde le commandant comme s'il allait donner la réponse en lui passant les menottes, qu'il cherche dans sa poche.

– C'est vraiment nécessaire ? tente-t-elle.

– C'est la procédure, madame.

– Je vais vous expliquer…

Il l'arrête :

– Descendez juste de votre voiture, s'il vous plaît.

Elle entend les coups de feu des chasseurs. Les chevreuils aussi sont peut-être arrivés au bout de leur cavale.

Le gendarme sort un objet en plastique et le lui tend.

– Soufflez, s'il vous plaît.

Elle aimerait lui sauter au cou, l'embrasser. Il insiste. Elle vide ses poumons et son angoisse.

– Zéro. C'est parfait.

Elle est libre. Pas tout à fait, cependant.

– Je suis obligé de vous verbaliser pour la ceinture, madame.

– Je l'avais mais...

Il ne veut rien savoir.

45 euros d'amende. Les courses de la semaine. Maintenant elle a envie de le gifler. Elle pense à l'écharpe et à la cagoule et prend docilement la contravention. « Un impayé de plus », se dit-elle en démarrant.

Cindy est assise au fond du café, derrière une table en formica rouge délavé, une boîte en carton fendue posée devant elle. L'Espoir est vide. Les filles sont encore au travail.

Elle se lève et la serre dans ses bras, l'écrasant de tout son surpoids. Aline sent la chaleur de ses joues roses. Son corps collé au sien lui fait du bien. Elle a sur sa blouse bleue l'odeur des machines et de la laine. C'est comme si elle lui injectait directement sa vie d'avant dans les veines. Elle profite un long moment de cette perfusion. C'est bon.

– Tu m'as manquée, camarade, lui murmure Cindy à l'oreille.

Aline s'écarte aussitôt.

– Arrête de faire ta communiste ou je m'en vais.

Elles éclatent de rire toutes les deux.

– Alors tu ne veux toujours pas adhérer ?

– Non, répond Aline plus gravement. Ce n'est pas quand on est mort qu'on s'assure sur la vie.

Elles s'assoient.

– Tu as eu tort de ne pas vouloir te battre. Tu sais que j'ai fait réintégrer Laurie, avec indemnité pour licenciement illégal pendant une période de grossesse et tout le tralala !

– Je suis contente pour elle.

Aline enlève son manteau.

– Vas-y, fais péter les nouvelles de l'usine.

– Par quoi je commence ? Qui couche avec qui ?

Claire, la patronne, arrive. Elle a les courbes généreuses d'un fleuve sauvage, serrées dans une robe rouge en cloche sur une longue paire de jambes. C'est la gourmandise du café.

– De mon côté, toujours aucune secousse. 0 sur l'échelle de Richter.

Elle pose sur la table une soucoupe de boudin noir et un Picon-bière.

– Tiens, c'est pour moi, ma grande. Et les enfants ?

– On ne leur a encore rien dit, à cause du bac de Léa.

Claire lui caresse tendrement la joue.

– Tu as raison. Qu'elle puisse s'envoler loin de cette usine de merde.

Elle glisse 5 euros dans la boîte.

– C'est quoi ? demande Aline.

– Le syndicat fait une quête pour Sandra. Tu te souviens d'elle ?

La Sandra qu'elle connaissait n'avait rien à voir avec le fantôme croisé l'été dernier devant la caisse de chez Simply, les jambes bleues et gonflées.

À l'époque, Wooly mettait un point d'honneur à avoir une production « zéro défaut ». Aucun retour à l'usine, jamais. Des clients toujours satisfaits. La qualité française. Un système intelligent, mis en place par le fondateur de la marque. D'un côté, il allégeait la fatigue des plus anciennes employées, tenant compte des souffrances et des sacrifices consentis à l'usine ; de l'autre, il mettait à profit la générosité de l'entreprise en instaurant une qualité qui faisait la réputation de la marque. Du gagnant-gagnant avant l'heure. Sandra s'était vu attribuer un poste, non pas en raison de son âge, mais parce qu'elle avait débuté comme apprentie dix années auparavant, à 15 ans. Pour ses parents ouvriers agricoles, c'était une fierté de voir leur enfant salariée dans une entreprise avec des murs, des machines, des bureaux, un service comptabilité et une cantine.

Aline se souvient de leur rencontre.

Ce jour-là, elle avait empêché un arrêt de la production en évitant un début d'incendie sur sa rembobineuse. Le « pou », comme les filles appelaient le contremaître, dont elles n'arrivaient jamais à se débarrasser, lui avait infligé trois jours de mise à pied pour manque de vigilance. Sandra s'était plantée devant lui :

« C'est dégueulasse ! Vous devriez lui offrir sa journée, au contraire.

– De quoi tu parles ?

– De la rembobineuse. Elle l'a sauvée ou pas ? »

Le pou n'avait pas apprécié cette sortie du rang.

« Ne te mêle pas de ça, Sandra, retourne à ton poste ! »

Elle n'avait pas bougé.

« Je croyais que nous bossions jour et nuit parce que ces machines-là valaient une fortune et qu'il fallait les amortir... »

Le contremaître s'était approché si près que Sandra avait pu sentir son mauvais parfum.

« Tu cherches quoi ? À perdre ta place, toi aussi ? »

C'était l'arme de dissuasion massive.

Sandra avait ravalé sa colère, pris une chaussette, glissé un billet de 50 francs à l'intérieur et fait passer aux ouvrières pour qu'elles l'imitent.

« Tiens, c'est pour toi », avait-elle dit.

Neuf ans après l'incident, le pou avait enfin décroché. Personne ne s'était proposé pour lui organiser un pot de départ. Aline avait été nommée à sa place. Deux ans plus tard, Mathis naissait et un fonds de pension au nom anglais dont elle ne se souvenait jamais entrait au capital de Wooly. Son représentant ignorait tout des chaussettes, mais était un grand spécialiste des restructurations. Un article du *Courrier de l'Oise* le présentait comme capable « de faire renouer n'importe quelle entreprise avec les bénéfices ». La première décision des nouveaux propriétaires avait pourtant été de mettre fin à la politique du zéro défaut : tant pis pour le sort des vieilles ouvrières brandi par les syndicats, Wooly n'était pas une œuvre sociale. Et, au nom de la réduction des coûts, Sandra avait été mise au chômage à 35 ans.

L'été dernier, au supermarché, en tendant 10 euros à Lucie, Aline n'a fait que lui rendre son billet de 50 francs.

– Qu'est-ce qu'il lui arrive ? demande-t-elle.

– Elle a de plus en plus de mal à marcher. C'est le deuxième rendez-vous qu'elle loupe avec son conseiller, alors ils lui ont réduit son RSA de moitié.

– Et ils ont le droit de faire ça ?

Cindy lève les yeux vers le ventilateur qui ne sert à rien.

– Tout est légal contre les sans-dents, s'énerve-t-elle.

Aline déteste cette expression. Elle maudit Valérie Trierweiler, son sourire forcé, sa fausse allure, sa poitrine soutenue par une machinerie trop visible. Dans *Voici*, ils disent qu'elle a déjà vendu 600 000 exemplaires. Se faire autant d'argent sur la misère des autres, c'est dégueulasse ! Une ancienne pauvre, en plus ! Depuis que l'ex-première dame s'est répandue en confidences, pointant de sa mauvaise plume ceux qui déjà n'osaient plus sourire, elle en a fait des bêtes de foire, des curiosités, les rebaptisant de ce surnom collant comme un crachat, qu'ils traînent maintenant en plus du reste, de leurs dettes, de leur honte, de leur tristesse et de leur peur de ne jamais savoir qui du voisin ou de l'huissier va sonner le premier.

Elle se souvient brusquement du sourire de Lucie et de son rêve d'écran plat.

– On va déjà essayer qu'elle ne meure pas de faim, soupire la syndicaliste.

Aline cherche dans sa poche.

– Non, laisse, les camarades ont déjà largement donné.

Ça l'arrange.

La patronne allume la télé. Un homme sec, costumé, la raie bien faite comme on n'en voit jamais ici, traite les travailleurs de fainéants. Elle éteint.

– Il faudrait que tous les élus fassent comme les élèves de troisième, dit Cindy.

– C'est-à-dire ?

– Une semaine de stage par an.

– Dans les entreprises ? s'étonne Aline.

– Oui. Livreurs à vélo, tourneurs-fraiseurs, routiers, vendeurs chez Brico, partout, dans les usines, les start-up, sur les marchés. On verrait qui sont les vrais branleurs !

– Ce n'est pas con, approuve Claire de derrière le comptoir, tu devrais lancer l'idée. Moi, j'en veux bien un

229

LE PARADOXE D'ANDERSON

à la plonge, le petit Rugy par exemple, il a l'air plus dégourdi que les autres. Ou Strauss-Kahn, pour relancer mon activité sismique.

Elle mêle le geste à la parole.

– Dans tes rêves ! Ça n'arrivera jamais.

– Et pourquoi pas ? proteste Aline.

– Parce que ce sont eux qui font les lois, chérie. On n'est pas du bon côté du manche. C'est pour ça qu'il faut s'emparer des outils.

Toutes deux trempent les lèvres dans la mousse.

– Tu n'arrêtes jamais, toi.

Le visage de Cindy s'éteint discrètement. Aline a ouvert une porte qu'elle préfère garder fermée. Elle ne s'occupe que des autres. Elle en délaisse tout, sa silhouette, ses racines, son maquillage. Personne ne la croise en dehors de l'usine ou de la permanence, ni au multiplexe ni à la pizzeria.

– Jamais, dit-elle en retrouvant son sourire. D'ailleurs j'ai pensé à toi.

Aline n'osait pas attaquer le sujet.

– Céline Dion va partir en congé maternité.

– Non !

– Si. Ça nous fera des vacances, on n'en peut plus d'entendre couler le *Titanic*. Je pousse pour que la direction t'engage en intérim pendant son absence, mais je ne te promets rien.

Après un pincement au cœur, Aline s'interroge. Elle ne sait pas si c'est une bonne ou une mauvaise nouvelle.

230

C'est comme reprendre la cigarette en sachant qu'il va falloir à nouveau s'arrêter. Elle connaît déjà le prix à payer.

– Ils ont le droit de me reprendre après m'avoir foutue dehors ? s'étonne-t-elle.

– Bien sûr ! C'est tout bénéfice pour eux : tu connais le boulot et ils te débarquent quand ils veulent. C'est comme ça qu'ils font, maintenant : ils te virent, attendent le délai légal de six mois et te reprennent en contrat précaire. On n'a pas trouvé la parade. Tu connais Louis, le vigile de Simply ?

– Celui qui s'est fait virer pour avoir laissé une employée partir avec des serviettes hygiéniques ?

– Oui.

– Bien sûr ! J'étais avec lui en formation. Une vraie arnaque... faudra que je te raconte.

– Eh bien, Magali, ma belle-sœur, la caissière, m'a dit qu'ils l'avaient repris en CDD. Comme il s'est renseigné auprès du syndicat, ils l'ont déjà viré. Il a failli en venir aux mains avec le responsable du magasin.

Les premières ouvrières arrivent pour déjeuner.

– Et toi ? demande Aline. Des nouvelles de Médecins du Monde ?

Cindy triture une rondelle de boudin, embarrassée.

– Toujours pas. Tu sais, je crois que ce bonheur ne sera pas pour moi.

Elle lui prend la main.

231

– Prends soin de ta Léa. Il n'y a que ça d'important, finalement.

Claire arrive et les presse :

– Bon, les filles, les fainéantes débarquent, il faut que je finisse de dresser les tables puisque Rugy m'a fait faux bond.

Aline se lève et serre très fort Cindy. Elle aimerait la garder dans ses bras mais n'a pas le cœur à entendre le brouhaha des gens heureux, ni à regarder tourner un monde dont elle ne fait plus partie.

En quittant Clergeons, la route traverse une zone pavillonnaire construite sur d'anciennes prairies. Aujourd'hui les fleurs n'y poussent plus qu'en massifs plantés en rangs devant des maisons sans charme, bâties à coups de crédit sur trente ans par des familles qui n'ont plus les moyens de rester près de Beauvais ou qui préfèrent s'éloigner des tours tapageuses du quartier Argentine et de l'odeur nauséabonde de l'usine d'éponges.

C'est une des contradictions de l'époque : les villes moyennes se paupérisent de friches industrielles où la nature reprend ses droits et les villages s'enlaidissent d'îlots de maisons sans âme aux toits de tuiles mécaniques et aux cours mosaïquées de pavés autobloquants, où les chiens tournent en rond, attachés en plein milieu de la campagne.

Le soleil d'hiver a fait fondre le givre. La route est lisse comme un ruban.

Aline gare la voiture dans la boue juste devant le pont de pierre et remonte en glissant jusqu'au bois de l'arbre à loques, l'écharpe et la cagoule de Mathis à la main.

L'endroit fait toujours aussi peur. Des centaines de bras et de jambes en tissu, agités par un léger souffle de vent, dégringolent en rideau des branches hautes. Tout autour, faute de place, on a habillé d'espoir le moindre buisson. Là, une fougère porte un bonnet et un bavoir d'enfant, à côté, un anorak écartelé entre deux repousses de sapin tend désespérément les bras, plus loin, accrochées dans les feuilles d'un chêne, des dizaines de paires de lunettes dévisagent le visiteur de leurs regards énucléés, ailleurs pend une robe que plus personne ne fait tourner. De loin, on croirait une armée de morts vivants tombant du ciel, prêts à la bataille. Aline se souvient d'avoir lu un jour que, très loin, en Arménie, au Moyen Âge, un roi avait repoussé le dernier assaut des envahisseurs de son royaume en enterrant de nuit les dépouilles de ses soldats et en habillant les croix dressées au-dessus de leurs tombes d'uniformes tachés de sang pour faire croire à l'ennemi qu'ils étaient encore vivants.

Elle s'enfonce doucement entre les ombres et dissimule l'écharpe et le bonnet de Mathis au cœur d'un enchevêtrement de tissu.

Inutile de chercher les fainéants et les assistés ici. Partout, cousu sur chaque habit, on supplie d'un mot, pour un travail, le renouvellement d'un contrat, quelques heures supplémentaires, un peu de ménage et de repassage ou l'obtention d'une formation pour un fils en fin de droits.

Aline n'a pas besoin de voir leurs visages. Elle les connaît tous, des jeunes au départ dans la vie sans cesse reporté, ballottés de stage en agence d'intérim, des gaillards le corps musclé d'avoir déchargé les camions ou retourné la terre, dépérissant devant des grilles fermées, désespérés d'être devenus inutiles, des courageuses épuisées de suivre le rythme des machines, les mains rabotées de répéter mille fois les mêmes gestes.

Elle les croise tous chaque jour, traînant leurs enfants de Lidl en vide-greniers, des gosses aux dents pourries avant d'avoir poussé, aux yeux déjà cernés, des « mortnés », comme on les appelle ici, condamnés à courir toute leur vie derrière les autres sans aucun espoir de les rattraper.

Toutes ces dégringolades, toutes ces désillusions. Elle repense aux siennes. À cette dérive des classes qui l'éloigne inexorablement des autres, créant, comme celle des continents des déserts arides et des oasis outrageuses, des peuples de tout et des peuples de rien, des sans-faim et des affamés, des bien-nés et des mort-nés. « Il faudrait planter des arbres à loques devant tous les palais de la République », se dit-elle.

Léa virevolte devant la glace du salon. Elle a vidé son armoire sur le canapé, éparpillé ses chaussures, enfoncé ses écouteurs dans ses oreilles, glissé son mp3 sous l'élastique de sa culotte et chante Zaz, en faisant sauter ses petits seins blancs, impudique et sans filtre : « On ira écouter Harlem au coin de Manhattan. On ira rougir le thé dans les souks à Amman... » Elle voyage du Sénégal au Bengale, les yeux fermés, les bras ondulant pour s'envoler sans billet, légère et insouciante.

Sur la pointe des pieds, le manteau encore sur le dos, Aline l'espionne dépenser sans compter l'énergie de ses 17 ans. Il est si rare d'observer ses enfants en liberté. C'est beau comme un film animalier. Elle la sent encore danser dans son ventre. C'était il y a si longtemps.

Tout ce que Léa est en train de devenir, se dit-elle, elle le concentre là, dans ce tout jeune corps : sa force, ses peurs, ses talents, ses victoires, ses échecs. Tout est encore possible, vierge de déconvenues. Ça lui rappelle les matins où Staline sortait Léa du lit aux aurores pour qu'elle découvre la beauté et la fragilité d'un premier manteau de neige. Il l'emmitouflait d'un bonnet et d'une écharpe, ouvrait la porte et lui disait : « Vas-y, dessine-moi ton rêve. » Elle jubilait, marchait sur des œufs, calculait chacun de ses pas laissant sur les cristaux blancs l'empreinte d'une maison, avec toute une famille alignée devant la porte ou même, un jour, une immense mappe-monde aux continents grossièrement tracés surmontée de la silhouette d'une petite fille assise dans un avion. « C'est qui ? » lui avait demandé Staline. « C'est moi. Quand je serai grande, j'irai partout pour aider les gens. » Aline se souvient encore de sa tristesse un matin de décembre où sans le vouloir, pour remettre du bois dans la cheminée, elle avait piétiné avant le réveil de Léa sa page blanche, la privant de dessin.

À nouveau la peur de lui faire de la peine, d'hypothéquer son bonheur, de l'empêcher de s'envoler, l'étreint. Elle se demande comment ils vont pouvoir continuer à l'aider à grandir. Ils n'auront bientôt plus rien.

Léa plaque sur ses seins une robe de coton blanc.

– Chérie ?

Elle ne l'entend pas.

Aline se montre derrière elle dans la glace. Elle enlève ses écouteurs.

– Maman ! Tu es déjà rentrée ?

Aline lui ment encore :

– Oui, je suis en formation, je finis plus tôt en ce moment. C'est quoi tout ce chantier ?

Léa gigote, radieuse.

– J'essaye une robe, dit-elle, gourmande. Pour *Le Jeu des 1000 €*. Qu'est-ce que tu penses de celle-ci ?

Elle repose aussitôt la blanche pour en plaquer une autre, noire et plus décolletée.

– Ou celle-là ?

– Chérie, c'est de la radio, se moque Aline, ça n'aucune importance.

Finalement, Léa choisit une bleue.

– C'est pour Paul, dit-elle, gênée de devoir préciser. Elle est splendide.

– Tu es très belle, mon cœur.

Un instant, Aline a envie de tout lui avouer, les huissiers, la grève à l'usine, les maïs. Lui dire qu'il n'y aura pas d'année de césure, pas de fac ou d'école de commerce ; voilà, ils ont dévissé, c'est comme ça, ils n'intéressent plus personne, le système les abandonne, elle est désolée, elle s'était pourtant juré de toujours leur apporter le meilleur, de veiller sur eux, mais c'est terminé, il va falloir renoncer à la mappemonde et à la petite fille dans l'avion, il va falloir quémander de l'aide aux autres au lieu d'en apporter.

Léa lui sourit de ses beaux yeux, innocente. Elle doit être vraiment amoureuse pour ne s'apercevoir de rien.

– Tu sais quoi ? demande-t-elle, loin des pensées de sa mère.

– Non, dit Aline, retrouvant le désordre du salon.

– Le père de Paul vient dans quinze jours. Sa mère nous invite le dimanche pour un barbecue dans le jardin. On ira ?

Elle sent tout son amour.

– Je vais voir avec ton père, dit-elle.

– Maman ! supplie Léa.

Aline sait qu'il va lui falloir déplacer des montagnes.

– On verra, je te dis. En attendant, range-moi tout ça, on va manger.

– Et papa ?

– Il rentre tard – tu sais bien, pour la piscine.

Elle l'étreint.

– Je compte sur toi.

– Pas si tu restes en culotte. Mets quelque chose, ordonne-t-elle à sa fille.

Léa remonte déjà dans sa chambre, les bras chargés de toute son armoire.

– Alors laquelle ? hurle-t-elle.

– La bleue ! répond sa mère, le dos tourné vers la télé pour ne pas montrer ses larmes. Et demande à ton frère de venir mettre le couvert.

Elle sirote un sancerre en regardant par la fenêtre les premières pointes vertes percer les derniers rameaux de l'arbre à Tarzan, avec l'impression que tout va bientôt reprendre, sauf sa vie. Les enfants sont couchés. Le présentateur du journal du soir annonce les titres. Elle pourrait finir la bouteille si elle s'écoutait.

Heureusement, Christophe arrive. Il a dans les yeux toutes les déceptions de sa journée.

Elle lui sert un verre.

– Ça va ?

Il fait craquer son cou et lui raconte le rendez-vous chez Simply, la demande de crédit.

– Et alors ?

– Alors ils ont dit non.

Sa colère est froide.

– Et devine pourquoi…

Elle essaye d'imaginer leur mauvaise foi, puis renonce.

– Je n'en sais rien.

– Parce que selon eux le crédit est un avantage accordé aux petits commerçants et ils risqueraient d'être accusés de concurrence déloyale s'ils acceptaient de nous aider.

Elle n'en revient pas.

– Les salauds !

– Ils nous conseillent de nous adresser aux épiceries de proximité.

Elle lève son verre.

– C'est déjà fait !

À la télévision, le présentateur annonce qu'une étude déclare la France championne d'Europe des dividendes versés à ses actionnaires.

– Et toi ? demande Christophe.

Aline lui raconte, Cindy, la collecte pour Sandra. Elle préfère ne pas lui parler de la possibilité de remplacer Séverine, par peur d'un nouvel échec.

Il reprend du sancerre.

– Et Léa ?

– Elle rêve toujours de ce qu'on ne peut plus lui offrir, répond Aline, la voix serrée.

Il lui prend amoureusement la main.

– Tu as entendu parler du paradoxe d'Anderson ? lui demande-t-elle brusquement.

– Non, pourquoi ?

Elle lui explique.

– On leur fait prendre le départ d'un cent mètres avec un sac à dos, dit-elle.

– C'est dégueulasse de plomber les gosses comme ça !

Il se laisse tomber dans le canapé et lui raconte ISF et son master en management des systèmes d'information.

– Cinq ans d'études pour finir à l'emballage... Avant, il suffisait d'avoir des parents à l'usine pour devenir ouvrier.

Elle vide son verre et lui parle de sa rencontre à la formation avec la grande fille du garagiste.

– Tu te souviens de la fable de La Fontaine qu'on apprenait à l'école ?

Il ne voit pas.

– Laquelle ?

– « Les animaux malades de la Peste. » La morale à la fin.

– « Ils ne mouraient pas tous, mais tous étaient frappés... Selon que vous serez puissant ou misérable, les jugements de cour vous rendront blanc ou noir », récite-t-il.

Le sancerre lui fait du bien.

– Mais pourquoi tu me demandes ça ?

– Parce que c'est la peste qui s'abat sur nous et nos enfants, Christophe, et plus personne ne se révolte.

À la télévision, Sébastien a remplacé Pujadas et fait tourner les serviettes. Elle se demande combien de temps elle pourra encore faire tourner toutes ses assiettes. Machinalement, Christophe monte le son. « Et c'est ce soir, allez, allez, allez ! Qu'on va se défouler, tout envoyer bouler. »

– C'est lui qui a raison, dit-elle.

– Qui ? La Fontaine ?

– Non. Sébastien. Il faut tout envoyer bouler.

– Mais de quoi tu parles, chérie ?

– De la revanche des misérables. On ne peut pas s'arrêter là.

Elle a quelque chose dans la voix qui lui fait peur.

– Qui ? Toi et moi ?

– Non. Bonux and Tide. Il faut qu'ils passent à la vitesse supérieure, pour ce qu'on fait subir à nos enfants et à tous ceux derrière les grilles.

– Et alors ?

Il attend la suite, assommé.

– Alors on va braquer Simply, dit-elle doucement en se resservant.

Avril

Dans la semaine qui suivit, Aline s'occupa d'à peu près tout. Elle contacta Louis le vigile de chez Simply, qui lui-même était resté en contact avec la cougar, le biker et le tatoué, toujours désœuvrés malgré un envoi massif de CV, digne d'un parachutage de tracts de propagande au-dessus du Nord Vietnam, mais malheureusement aussi inefficace. Si on ajoutait au trio Christophe et Aline, ça faisait cinq Pieds Nickelés pour un braquage.

Le plan se résumait assez simplement. Provisoirement, en raison de travaux, la plupart des stocks du magasin avaient été placés dans un entrepôt de toile rapidement monté à côté de la réserve habituelle. Le lieu était sécurisé par une alarme provisoire, alimentée non pas par un réseau protégé, mais par un simple système de batteries, plus facile à déconnecter, du moins Christophe l'assurait-il.

Tout autour de l'immense tente, un maître-chien assurait régulièrement des rondes, accompagné de Tarzan, un berger allemand de 5 ans, musclé comme un lutteur biélorusse, avec lequel Louis faisait parfois quelques tours de garde, un compagnonnage grâce auquel, malgré des crocs en hameçons à requin, Tarzan se transformait en pékinois dès que le vigile lui tendait la main.

À la cougar de simuler une panne de voiture, hors du champ des caméras, et d'attirer le gardien vers ses bas résille le temps pour le tatoué de le maîtriser à la Spaggiari, sans arme, ni haine, ni violence, et pour Louis de débarrasser l'équipe des mâchoires d'acier de Tarzan en l'emmenant tranquillement pisser loin de la zone. Le biker, diplômé d'un CAP en mécanique doublé de plusieurs condamnations pour vol et recel de voitures, comme son casier judiciaire le lui rappelait à chaque entretien d'embauche, se chargerait de démarrer un des camions de livraison stationnés sur le parking et de le mettre à cul devant la tente, pendant que Christophe, après avoir court-circuité l'alarme, manipulerait au Fenwick les palettes du butin.

Aline, elle, interviendrait en tant que « maître de cérémonie » et veillerait à ce que l'action soit coordonnée, rapide et efficace.

D'après ses calculs, en moins d'une demi-heure l'affaire devait être bouclée.

Il ne s'agissait pas de faire le casse du siècle, mais, plus modestement, de riposter symboliquement à un manque d'équilibre dans la répartition des richesses. C'était essentiellement ce qu'elle avait retenu de ses révisions avec Léa. Le capitalisme avait été une formidable machine à produire du bonheur pendant deux générations, inventant entre autres merveilles (après quelques combats héroïques) les contrats à durée indéterminée, la Sécurité sociale, les congés payés ou l'assurance-chômage, mais la brusque détermination des nations longtemps exclues à vouloir profiter elles aussi des mêmes avantages avait changé la donne. Afin de s'adapter au tremblement de terre économique que provoquait la rage des pauvres à ne plus vouloir l'être, le capitalisme, faute d'avoir prévu les secousses, revenait sur les avantages acquis, poussant chacun, dans un immense trompe-l'œil, à s'endetter pour donner l'illusion de toujours maintenir le même niveau de vie. Bref, à vouloir mondialiser l'économie pour continuer à accumuler des profits, le capitalisme tel qu'il nous avait rendus heureux s'était euthanasié, sans laisser de testament à la génération censée l'enterrer.

Une solution raisonnable, pensait Aline avec son cerveau d'ouvrière, aurait consisté à anticiper la fin de l'abondance en répartissant les richesses restantes, ce qui aurait permis au plus grand nombre d'en profiter le plus longtemps possible. En instaurant par exemple, comme elle en avait découvert l'existence théorique dans les livres de Léa, la vieille idée du revenu universel ou en mettant en place l'arlésienne taxe sur les transactions financières qui rendrait, d'après toutes les projections, les riches à peine moins riches et les précaires beaucoup moins précaires. Léa lui avait bien entendu expliqué toutes les résistances à ces deux idées. Mais n'avait-il pas fallu l'acharnement de quelques-uns pour inventer le feu, découvrir l'Amérique ou imposer la paix en Europe ? se disait-elle. Autant de rêves qui pourtant semblaient parfaitement impossibles. Toutes les grandes utopies commençaient par des petits gestes, et elle voyait dans le braquage de Simply sa contribution au Grand Soir qui finirait nécessairement par arriver.

Christophe la regardait, amoureux, dressée sur sa barricade, la Liberté guidant les ouvriers. Bluffé par son discours et son sens de l'organisation, galvanisé par l'incroyable écho de leurs visites nocturnes dans les supérettes, il avait fini par accepter d'en être, persuadé de faire sans doute la plus grosse connerie de sa vie mais soulagé de la reprendre enfin en main. Tout valait mieux que d'attendre les huissiers assis sur le canapé qu'ils viendraient immanquablement lui enlever. Et puis, se justifiait-il, comme il avait souvent entendu les politiques le clamer et s'en sortir sans dommage, il plaiderait responsable mais pas coupable, rappelant pour sa défense qu'en aucun cas il n'y avait eu enrichissement personnel. Si ça marchait pour eux, ça devait marcher pour lui.

Malgré leur enthousiasme et sans vouloir vexer Aline, les Pieds Nickelés désirèrent tout de même apporter quelques amendements au projet. La séance de questions eut lieu à L'Espoir après la fermeture, avec la complicité de Claire, la patronne aux courbes sauvages, qui prêta à la résistance l'arrière-salle de son bistro, au nom de la solidarité ouvrière.

Aline avait réponse à tout.

Comment éviter les caméras ? Elle proposait symboliquement d'aller une heure avant se travestir en dépouillant l'arbre à loques.

Qu'étaient-ils autorisés exactement à voler ? Absolument tout puisque Simply ne leur accordait rien.

Pouvaient-ils garder quelque chose pour eux ? Strictement interdit, aucun profit, tout devait être redistribué.

Enfin, à la question de savoir quoi faire des gendarmes, sa réponse fut sans appel : qu'ils aillent se faire foutre !

Aline leur fixa rendez-vous, le dimanche en huit, à 22 heures, devant l'arbre à loques, sauf pour la cougar, qui refusait catégoriquement de quitter sa robe de travail, et, quittant L'Espoir, ils se glissèrent un par un dans la nuit, tel Rol-Tanguy, la tête dans les épaules pour ne pas attirer l'attention.

Restait à Aline la délicate mission d'annoncer à Christophe que le jour du casse un barbecue était prévu chez les voisins d'en face pour fêter la participation de Paul et de Léa au *Jeu des 1000 €*.

– Non ! Tu déconnes ? Pas question ! répondit-il.

Elle s'en doutait.

– Chéri, ça fait plaisir aux enfants, supplia-t-elle.

LE PARADOXE D'ANDERSON

– Le jour du grand partage ?

Elle ne voyait pas le problème.

– Et alors ? Il faut bien qu'on fasse quelque chose. Ça nous détendra.

– Quoi ! De manger avec des gens qui pensent que *Le Figaro* est un journal de gauche !

– Tu exagères ! On ne les connaît même pas.

– Tu as déjà oublié la sortie du père sur le ruissellement du profit sur la classe ouvrière ? lui fit-il remarquer.

Elle roucoula :

– Allez... Juste un déjeuner, une fois, par politesse.

– On a déjà mangé chez eux toute une semaine, je te signale. Je connais la cave et le congélateur par cœur.

Elle se colla contre lui.

– Justement, on leur doit bien ça.

De toutes les façons, quand elle le serrait comme ça, avec son regard de panda, c'était perdu d'avance, elle aurait même pu lui proposer d'assister à la messe avec Hobileau.

– C'est d'accord. Mais je te préviens, je ne ferai aucun effort.

Il avait encore six jours pour se préparer à l'idée.

À l'usine, le refus du directeur de Simply a terrassé les troupes. Tous les comptes sont dans le rouge, les découverts se creusent à la vitesse d'une tempête tropicale. ISF, la jeune intérimaire, a décidé de mettre à profit son master en management et a proposé d'aller frapper aux portes des fermes du canton pour appeler à la solidarité. Sa cote de popularité a brusquement pris des allures d'étape de montagne.

Dans la cour, tels les tourbillons d'un rapide, les rumeurs tournoient, disparaissent, remontent à la surface, écument puis replongent à nouveau. Univerre est foutu, Univerre est sauvé. Le gouvernement va intervenir, le gouvernement les laisse tomber. Tout le monde est licencié, aucune suppression d'emploi. Les CRS vont charger, les flics ont l'ordre de ne pas intervenir. Hobileau est toujours en Chine, il est de retour à Paris. Ceux qui essayent de les suivre toutes s'étourdissent et dépriment.

Christophe, lui, s'isole toute la semaine devant les grilles pour oublier l'entrepôt de chez Simply et le barbecue maudit chez les voisins. Il se souvient du temps où il pêchait des écrevisses avec son père, juste sous la cour de l'usine. L'odeur des truffes a remplacé celle du caoutchouc brûlé et il rembobine jusqu'aux années où tout était encore possible. À l'époque, les Négresses Vertes l'entraînaient sous le soleil de Bodega à l'ombre des palmiers loin des maïs. Madonna lui murmurait à l'oreille «Vogue, vogue» et il hissait les voiles. La même année, Freddie Mercury mettait les siennes et, comme un malheur n'arrive jamais seul, le jour où le rock enterrait sa reine les pelleteuses déterraient la dépouille de son lapin Rambo pour y enfouir les fondations de l'immense tombeau de brique où il allait ensevelir une partie de sa vie, debout devant les fours.

En face de lui, perchées sur l'une des poutres métalliques du portail de la salle d'emboutissage, les premières hirondelles s'activent déjà. Pendant qu'il brûlait des pneus et dormait sur des matelas pneumatiques, elles ont remonté toute l'Afrique du Nord, traversé le désert de Mauritanie, croisé au large de Gibraltar, survolé les cargos et les embarcations de migrants au-dessus de la Méditerranée, à la merci des grains et des vents, passé Grenade et les cols pyrénéens, retrouvé leur chemin au-dessus du dédale des fleuves et des autoroutes, échappé aux avions et aux fumées du Bassin parisien pour retrouver, au centimètre près, l'endroit d'où elles s'étaient envolées un an plus tôt. À chaque usine détruite, réalise-t-il soudain, après des millions de battements d'ailes, des milliers d'hirondelles ne retrouvent pas leur nid. C'est dégueulasse, la Ligue de protection des oiseaux devrait soutenir les occupations.

À Clergeons, on sonne la messe. Il est 11 heures. Dans douze il braque Simply, dans une il est attendu chez les voisins. Il fait l'effort pour Léa. Comme les hirondelles s'assemblent d'instinct pour s'envoler et trouver le bonheur ailleurs, sans doute a-t-elle compris que ce n'était pas un garçon du village qui allait l'emmener loin de la rue du Lavoir. Alors pourquoi pas Paul ? pense-t-il. Après tout, il a l'air gentil et son père l'est sans doute aussi. Il regrette de s'être emporté, de l'avoir traité de con. Il se demande parfois si sa vie ne le rend pas envieux, jaloux de tout. C'est promis, il va oublier l'occupation et l'usine, donner un coup de main pour allumer les braises, raconter le village, l'arbre à loques, les croquis d'Aline, et on ne sait jamais, peut-être auront-ils besoin d'une tonte ou deux, de remettre en état le toit du cellier, sans compter la serrure à changer, avec un peu de chance même ils deviendront amis, ça fait longtemps qu'il n'a plus personne avec qui se balader à vélo.

Soudain, il a presque hâte d'y être.

Aline est tout excitée. Elle a choisi une robe blanche, simple, et des escarpins violets. Ça lui fait du bien de se sentir belle, d'avoir les jambes nues, d'être regardée. Le père de Paul est charmant. C'est un grand et bel homme, avec beaucoup d'allure. Le champagne est frappé, parfait. Paul et Léa roucoulent sous l'arbre à Tarzan. Hélène, la voisine, s'affaire autour de la table du jardin. Elle y a jeté une nappe blanche à grosses fleurs bleues. Les premiers rayons d'avril raniment l'air. Une rangée de tulipes pointe son nez.

– C'est un peu juste pour manger dehors, non ? dit Hélène.

Son mari se tourne vers Aline.

– C'est une frileuse. Elle a tout le temps froid.

Il regarde discrètement ce que sa robe laisse voir de sa poitrine.

– Mon mari aussi. Il ne va pas tarder.

Il l'entraîne voir la glycine. Elle manque de tomber.

– Oups ! Attention.

Il la rattrape. Sa main douce garde son bras. Elle se laisse guider.

– Paul et Léa, venez mettre le couvert, demande Hélène.

Les deux se lèvent d'un bond.

– Votre mari est un homme très occupé, dit le père de Paul en regardant sa montre. Je vais commencer les braises, ça va le faire venir.

Brusquement, Aline n'a pas envie que Christophe arrive. Elle veut prolonger ce moment pour elle toute seule, l'odeur du bois, les rayons du soleil sur son visage, le regard caressant de cet homme. Elle veut oublier encore un instant le 3949, Cindy et le rendez-vous du soir près de l'arbre à loques. Elle a l'impression que son mari va lui ramener tout ça comme la marée ramène les corps des noyés et leur odeur insupportable. Elle a honte de le réduire à ça. Mais il y a un jerrican entre eux, maintenant. Elle aussi se demande si la cicatrice sera douloureuse. Ils se sont laissé emporter par l'avalanche. Or c'est comme si après une longue apnée sous la neige elle sortait enfin la tête et qu'elle hésitait à l'ensevelir à nouveau pour aller le chercher. Le soleil est trop bon, le champagne trop frais, la main qui lui tient le bras trop douce. Elle est prise d'une immense lâcheté. Elle aimerait changer de trottoir, de famille, de maison. Ne plus penser à tous les obstacles, se vider la tête et s'envoler telle une perchiste au-dessus de la barre, la passer enfin après tant d'échecs.

– Vous aimez la voile ? demande-t-il.

Elle ne sait même pas nager.

– Chéri, tout le monde n'est pas passionné par les haubans, intervient Hélène. Ressers-nous plutôt à boire.

Paul connecte son portable à l'enceinte wi-fi. «*All we need is somebody to lean on*», chantent Major Lazer et DJ Snake.

Elle se laisse tenter par une deuxième coupe et ferme les yeux, imaginant que le bonheur des autres est aussi le bonheur des siens.

Christophe regarde sa montre. Pile à l'heure. Soudain, il reconnaît la voiture garée devant son portail. Il n'y croit pas.

– Chéri, on est là ! hurle Aline du jardin des voisins en l'entendant claquer la portière.

Il cherche. Personne, ni sur sa terrasse ni dans la maison.

Mathis, qui a couru vers lui, lui saute au cou.

– Papa ! Paul et Léa se sont embrassés, je les ai vus ! Sur la bouche, en plus.

Ça non plus, ça ne lui plaît pas.

– Viens vite, il y a du champagne !

Il le repose et le libère d'une claque sur les fesses.

La portière de la voiture est fermée. Christophe regarde à l'intérieur. Rien, aucun indice, à part une veste en cuir sur la banquette arrière.

Aline le rejoint.

– Qu'est-ce que tu fais ? Tout le monde t'attend.

Les warnings bipent et clignotent.

– Désolé, crie une voix d'en face, je me suis garé devant chez vous ! Je termine d'allumer le barbecue et je viens la bouger !

– C'est à qui cette voiture ? demande Christophe à Aline.

– Au père de Paul, pourquoi ?

– Putain, il ne manquait plus que ça ! peste-t-il en la suivant à contrecœur chez les voisins.

L'homme est aussi surpris que lui.

– Je vous présente Pierre, mon mari, dit Hélène en lui tendant une coupe.

Il se retient de la lui envoyer à la figure.

Léa lève son verre.

– Bienvenue à Essaimcourt.

Pierre tend le sien vers lui.

– À votre santé !

Christophe s'approche.

– Vous êtes gonflé, murmure-t-il.

Personne ne se rend compte de rien, sauf Aline.

Hélène propose de passer à table. Elle assoit Paul à côté de Léa et son mari en face de Christophe.

– C'est qui, bordel ? demande discrètement Aline en rejoignant sa place.

Christophe a du mal à prononcer son nom.

– Hobileau, finit-il par lâcher.

– C'est pas vrai ! bredouille Aline, assommée.

Les brochettes sont parfaites. Pierre a l'habitude des mondanités. Il tourne et retourne la viande avec la délicatesse d'un entomologiste, rien à voir avec les picadors du piquet de grève.

– Alors, vous êtes dans quoi ? demande Hélène.

« Dans la merde », pense Christophe très fort. Le déjeuner va être long. Il observe Léa et se mord les lèvres.

– Dans l'industrie, finit-il par dire, en cherchant le regard d'Hobileau.

Il le surprend en train de s'attarder sur la poitrine d'Aline.

Brusquement, elle ne lui trouve plus aucun charme et se couvre de son chèche, gênée.

– Vous avez froid ? s'inquiète aussitôt Pierre. Je peux vous prêter quelque chose ?

Hélène est la seule à ne s'apercevoir de rien.

– Incroyable ! s'exclame-t-elle. Mon mari aussi. Il vient d'entrer chez Univerre.

Hobileau essaye d'éviter le déraillement.

– Tu peux aller nous chercher du champagne, chérie ?

Trop tard. Léa est enchantée de la coïncidence.

– C'est vrai ? Papa aussi. C'est incroyable ! Tu savais ? demande-t-elle à son père.

Aline supplie Christophe du regard.

– Non, ment-il.

– Il n'est pas là depuis très longtemps, précise Hélène.

– Et il ne doit pas venir souvent, ajoute Christophe.

Le téléphone d'Hobileau sonne.

– Excusez-moi.

Il s'éloigne de quelques pas. Hélène remplit les coupes.

– Alors, c'est pour quand ? demande-t-elle.

– Dans quinze jours, répond Paul, excité. Vous viendrez ?`

– Bien sûr, mon grand.

Au téléphone, Pierre murmure un énervement : « On s'en fout ! Ça a assez duré. »

Léa s'agite.

– Et toi, papa ?

– Quoi ?

– Tu viendras aussi ?

– Où ? lui demande Christophe en gardant une oreille sur la conversation d'Hobileau.

Aline s'agace :

– Au *Jeu des 1000 €*, chéri, voyons !

Il ne répond pas.

– Bien sûr qu'il sera là, promet-elle à sa place.

Hobileau hausse légèrement le ton : « Je veux tout le monde derrière les machines la semaine prochaine. Je vous rappelle ce soir. »

Hélène lui tend une coupe.

– Chéri, décroche un peu.

Elle se tourne vers Aline.

– Il est débordé depuis trois mois, c'est infernal.

– C'est drôle ! s'étonne Christophe. Ça tourne pourtant au ralenti en ce moment.

Hobileau trempe ses lèvres dans son champagne.

– Plus pour longtemps. On a eu quelques soucis techniques, mais les problèmes sont identifiés et on les aura bientôt réglés définitivement.

Mathis avale une dernière bouchée.

– Vous savez qu'on va avoir une piscine ?

Hobileau dévisage Christophe.

– C'est vrai ?

Il se penche vers lui.

– Vous allez la payer avec votre augmentation ou avec votre prime de licenciement ? murmure-t-il.

Christophe serre les poings. « Calme-toi, lui souffle Staline, pas devant Léa. »

Hélène se lève pour débarrasser.

– Vous connaissiez les propriétaires d'avant ? demande-t-elle.

Paul vole un baiser à Léa.

– Élise et Jérôme ? Bien sûr.

– Et alors ? insiste-t-elle.

– Alors on s'en fiche, chérie, l'interrompt Pierre.

Christophe proteste :

– Pas du tout. C'est très intéressant, au contraire ! Votre mari ne vous a jamais raconté ?

– Non.

– Christophe, ça suffit maintenant, claque Hobileau.

Il ne l'écoute pas, remplit les coupes et lève son verre.

– À Élise et Jérôme, à qui nous devons d'avoir de si charmants voisins !

Visiblement, Hélène n'est au courant de rien.

– À Élise et Jérôme ! répète-t-elle.

– Ils adoraient cette maison, vous savez. Ils y ont tout fait, le jardin, la toiture, la terrasse, et puis un jour quelques « problèmes techniques » ont ralenti la production dans leur usine, alors... comment dit-on, Pierre, déjà ?...

Il se tourne vers lui.

– La direction les a « réglés définitivement ». C'est ça ?

Hobileau reste muet.

– Ils ont reçu un SMS en plein mois de juin les remerciant après quinze ans de fidélité. En février, un huissier vidait leur maison et posait les scellés. Je vous laisse raconter la suite, Pierre.

– Il n'y a rien à raconter, s'agace Hobileau.

– Si, bien sûr. Vous ne vous souvenez pas ? Vous avez acheté la maison pour trois fois rien ! C'est normal puisqu'ils l'avaient déjà remboursée en grande partie en payant toute leur vie, il ne restait que trois ans de crédit.

Léa se rend brusquement compte que quelque chose ne va pas.

– Papa, arrête, supplie-t-elle.

– Quoi ? Il n'a rien fait de mal, la rassure Christophe, c'est la loi du marché, de l'offre et de la demande. Élise et Jérôme s'étaient engagés devant la banque à rembourser, ils ont été incapables de tenir leurs engagements, la banque a bradé leur maison pour se payer, Hélène et Pierre en ont profité, c'est tout. Rien d'illégal, tout est dans ton programme, ma chérie.

Elle le foudroie du regard.

– Arrête tout de suite !

Son père se tourne vers Hélène.

– Vous ne voulez pas savoir ce qu'ils sont devenus ?

– Papa, tu te tais maintenant !

Christophe n'écoute pas.

– Vous avez encore vos parents, Hélène ?

Elle ne comprend pas très bien.

– Oui, dit-elle.

– C'est une chance, vous savez, parce que si un jour il arrivait quelque chose à Pierre…

Elle touche la table en bois.

– Ne parlez pas de malheur.

– C'est ce qui s'est passé pour Élise et Jérôme. À 45 ans ils ont dû retourner vivre chez leurs parents, et la semaine dernière lui s'est pendu dans le garage au milieu de leurs meubles.

Hélène se sent mal et s'assoit.

– C'est dégueulasse ! crie Léa.

– Rappelez-nous pour combien il est mort, déjà ? demande Christophe à Hobileau.

– De quoi vous parlez ?

– Du prix. J'ai entendu dire que la maison était partie pour 30 000 euros. Et ce ne sont pas les travaux qui vous ont ruiné, ajoute-t-il, les Moldaves dormaient par terre, dans la cuisine.

Léa se lève.

– Où vas-tu ? lui demande son père.

– Le plus loin possible de toi.

Il la regarde s'éloigner.

– Parce que c'est moi qui te dégoûte ?

Paul la rattrape. Mathis se balance déjà au bout de sa corde. Hobileau allume un cigare, nerveux.

– Désolée, dit Aline à Hélène en quittant la table. On doit y aller.

– Et virez votre bagnole de devant chez moi, ordonne Christophe.

Léa a oublié son écharpe.

On dirait des morts vivants échappés du clip de *Thriller*. Chacun s'est affublé de vieux vêtements arrachés à l'arbre à loques, sauf la cougar, toujours dans sa robe léopard.

Christophe accroche discrètement l'écharpe de Léa à l'une des branches et prie saint Gilles de lui ramener sa fille. Depuis le déjeuner elle s'est enfermée dans sa chambre, muette. Lui reste prisonnier de son mensonge.

Un nouveau morceau de sa vie s'écaille. Une réplique de plus au séisme de la fermeture. Combien pourra-t-il encore en encaisser ? L'image d'Hobileau squattant le cadre vide de son bonheur l'obsède.

Aline leur distribue les masques de l'anniversaire chez Picwic. Peter Pan pour Christophe, Buzz l'Éclair pour le tatoué, Spiderman pour le biker, Mickey pour Louis et Baloo pour la cougar.

Elle garde celui de Pocahontas, le premier Walt Disney de Léa, sous le ciel étoilé du Grand Rex, pareil à celui de ce soir.

À bord du vieil Espace, le voyage se passe en silence. Quelques perdrix grises s'aventurent dans la lueur des phares, zigzaguant ventre à terre devant d'invisibles obstacles.

Sur place, rien ne se passe comme prévu. Le vigile de Simply, insensible aux charmes des femmes, ignore les longues jambes de la cougar et le tatoué doit bander tous ses muscles pour attirer son attention et le neutraliser avant d'être obligé de tenir ses promesses. Le chien ne s'appelle pas Tarzan mais Sultan, à cause d'une diarrhée canine de dernière minute, ce qui vaut à Louis une profonde morsure au mollet. Miracle pour l'équipe, à la vue du léopard à talons hauts et à la tête d'ours, le molosse s'aplatit aussitôt en signe de soumission. Le biker peut enfin démarrer le camion et Christophe charger le butin. Comme l'avait prévu Aline, en moins d'une demi-heure, devant le vigile terrorisé par l'armée d'épouvantails, l'affaire est bouclée.

Personne n'a envie de traîner. La lune monte et il faut encore livrer.

– Attendez, demande Aline.

Elle ordonne de charger un dernier carton, énorme, puis déplie une banderole en les pressant de s'aligner derrière.

– Tu habites où ?

Le vigile ânonne son adresse, tétanisé.

– Prends-nous en photo pour *Le Bonhomme de l'Oise*.

Elle lui passe son portable, sort de son sac une bouteille de champagne, l'agite, l'ouvre et arrose l'équipe d'une gerbe de mousse aussitôt cristallisée par le flash.

Non à la dérive des classes. Il est temps pour les pauvres d'agir comme les riches, a-t-elle écrit sans faute d'orthographe pour bien montrer que les ouvrières ne sont pas illettrées.

Spiderman démarre.

– Alors, qu'est-ce qu'on a ? interroge-t-il.

À l'arrière, Buzz l'Éclair et Mickey déchirent les emballages.

Du champagne, des raviolis, du Coca, une palette entière de foie gras, une autre d'œufs de Pâques, dix cartons de château-carolle 2010, des Petit Écolier, des Figolu, une quinzaine de mini-chaînes hi-fi, des baskets et même un lot entier de lingerie. « Merci, Simply !

Merci, Simply ! Merci ! » scandent Mickey, Buzz l'Éclair et Baloo à l'annonce de chaque prise de guerre.

Le premier arrêt se fait à l'adresse du vigile. Deux bouteilles de champagne et du foie gras par solidarité ouvrière. Puis le camion remonte les rues étroites bordées de maisons de brique et l'équipée décore chaque arbre de chaque jardin d'une part du butin et d'un peu de répit, comme si Noël cette année avait lieu à Pâques. Dans le rétroviseur, Christophe regarde les porches s'allumer un à un comme une guirlande, et les enfants se jeter sur les chocolats et les minichaînes.

Spiderman tourne à droite au bout de la rue Jean-Touchard pour rejoindre l'usine.

– Attends, lui ordonne Aline, arrête-toi là !

Les fenêtres de la minuscule maison sont encore allumées.

– J'en ai pour cinq minutes. Chéri, aide-moi à décharger le grand carton.

Christophe s'exécute. Ils ont du mal à le porter à deux. Le tatoué et Louis descendent donner un coup de main.

Aline sonne. Sandra ouvre la porte, fatiguée, debout sur ses deux grosses jambes.

– C'est toi ? s'étonne-t-elle.

Sa voix douce a résisté à tous les malheurs. Elle tire sur un T-shirt déformé, gênée. Ses doigts sont jaunes de nicotine. Ses yeux supplient Aline d'un peu de compréhension.

Derrière sa mère, Lucie somnole. Mickey, Buzz l'Éclair et Peter Pan se glissent à l'intérieur et posent l'immense écran plat au pied d'un mur du salon.

– C'est pour moi, Pocahontas ? sourit la gamine.

Aline la recoiffe du bout des doigts.

– Oui, ma puce. C'est un cadeau de ta maman.

La gamine s'assoit devant l'écran noir, en silence.

Sandra les remercie de ses yeux mouillés. Aline la serre dans ses bras, comme personne ne le fait plus depuis longtemps. Elle a l'impression de perdre cinquante kilos et de retrouver le corps de ses 30 ans.

– Il y a du Coca, des raviolis, des Petit Écolier et du foie gras dans le jardin.

Spiderman s'impatiente. Il est presque minuit.

L'équipée roule jusqu'à l'usine et gare le camion devant le portail de l'entrée. Sur la grille, un gars a affiché un immense panneau. Dans un triangle au fond blanc et aux bords peints en rouge est dessinée la silhouette d'un homme tombant cul par-dessus tête dans le vide. *Grève : attention, chute de pères*, est-il écrit en dessous.

Christophe prend le coup en pleine poitrine. Combien sont-ils comme lui à se heurter à des portes de chambre fermées, à dégringoler dans l'estime de leurs enfants ? Brusquement, il a envie de rentrer, d'essayer de convaincre Léa de redevenir sa petite fille.

Aline saisit le mégaphone et réveille le piquet de grève.

– Tout ce qui n'est pas partagé est perdu ! clame-t-elle. Venez-vous servir !

264

Et, comme Rol-Tanguy, Mickey, Peter Pan, Buzz l'Éclair, Baloo, Spiderman et Pocahontas à nouveau disparaissent dans la nuit.

La photo de la banderole à la une du *Bonhomme de l'Oise* fait l'effet d'une bombe. « Le monde merveilleux de Disney », titre le journal, avec cette question en introduction à l'article rapportant le déroulement de la nuit : « Qui sont les Che Guevara de chez Simply ? » *Courrier 60* préfère celle des grévistes déchargeant les palettes de champagne et de foie gras avec en manchette : « Ah, ça ira, ça ira, à Clergeons ! »

Le préfet a aussitôt déclaré « insurrectionnelle » l'atmosphère autour de l'usine et envoyé les CRS protéger les édifices publics et les grandes surfaces. Le commandant Trancart est sommé de renoncer à ses vacances de Pâques pour résoudre au plus vite cette affaire de jacquerie. Son autorité lui demande de considérer en priorité la piste des Black Blocs et celle des Alters.

Les recherches de son brigadier le laissent sceptique : « des groupes d'affinité aux contours contingents qui avant et après une action n'existent pas » et « un mouvement hétérogène marqué par une culture qui pourrait se rattacher à la tradition libertaire ou à l'écologie radicale ». À Clergeons ? Impossible ! Il connaît tous les fumeurs de joints, les travailleurs au noir, chaque mari trompé, sans parler des quelques-unes qui arrondissent leur RSA à l'orée du bois ou encombrent le guichet des allocs de grossesses répétées, les alcooliques aussi, les pilleurs de troncs, les catholiques pratiquants partouzeurs, les conducteurs sans permis, mais rien qui ressemble de près ou de loin à je ne sais quel « groupe d'affinité aux contours contingents » ou « mouvement hétérogène ». Il en est certain. Pas de ça chez lui, ni à vingt kilomètres à la ronde. C'est l'Oise, pauvre certes, mais pas de Bakounine ni de José Bové ici, du moins pas dans ses fichiers, ils auraient déjà été tondus ou roulés dans les plumes et le goudron ; tout autour de Clergeons, c'est la route du Front, la France Bleu Marine avec des scores à plus de 60 %.

Le commandant préfère se raccrocher aux images de la vidéo-surveillance. Depuis 6 heures du matin il a vidé une cafetière et ressasse la même question : pourquoi Sultan, dressé pour attaquer, est-il resté tranquillement assis aux pieds de Pocahontas ? La réponse est là, pense-t-il.

– Vous faites une fixation, chef, se permet un jeune brigadier, ça vous empêche de réfléchir sur le reste.

– Et qu'est-ce que je devrais voir ? demande Trancart, agacé.

L'autre avance dans l'image.

– Ça.

Le commandant regarde Peter Pan descendre du Fenwick, arrêter le moteur, sortir de sa poche un sachet argenté, l'ouvrir, engouffrer son contenu sous son masque et jeter le papier avant de disparaître.

– Et alors ?

Il zoome sur l'image.

– Alors il a retiré son gant.

Trancart se repasse l'image.

– Et c'est quoi ?

– Un étui de Paille d'Or, chef, comme à l'épicerie.

Une petite sueur perlée trahit son excitation. Il pense au préfet. Il a peut-être sauvé sa promotion.

– Nom de Dieu ! Vous avez tapé le fichier des empreintes ? Il est connu ? demande-t-il en pointant l'image de Peter Pan.

– Non, commandant.

Déception. Ses mains retombent lourdement sur son képi.

– Et merde !

– Je veux dire : non, on n'a pas vérifié dans le fichier, parce qu'il n'a pas laissé d'empreintes.

Trancart est perdu.

– Comment ça ? On le voit les effacer ?

– Non plus, commandant.

– Et alors ! Comment c'est possible ? Le labo a merdé ?

Cette fois il est debout, rouge de colère, prêt à faire tomber des têtes.

– Peut-être pas, commandant. J'ai cherché sur Wikipédia, c'est sans doute quelqu'un qui souffre d'adermatoglyphie, c'est-à-dire qui ne possède pas d'empreintes digitales. C'est une mutation génétique rare.

– Et alors ?

Il attend, suspendu à la réponse du brigadier.

– Alors on fait toutes les archives de la préfecture, chef, voir si un cas a été signalé au cours d'une demande de passeport ou d'un permis de conduire.

Le commandant Trancart est dubitatif.

– D'aderma… quoi, brigadier ?

– … toglyphie, chef.

Mai

Mondialisation oblige, les fichiers de la préfecture patientaient depuis des mois au fin fond de l'État du Maharashtra, à l'ouest de l'Inde, et la réponse à la question du commandant Trancart n'arriva que dix jours plus tard, plus précisément la veille de la venue du *Jeu des 1000 €* à Clergeons.

Là-bas, on n'avait pas toujours l'électricité, mais la fibre courait les immeubles en béton et des dizaines de milliers de travailleurs enchaînés à leur ordinateur numérisaient des données du monde entier : dossiers médicaux, archives des compagnies aériennes, de la Sécurité sociale, mais aussi, officieusement, une partie de celles de la police et de la gendarmerie, nettement plus économique à faire saisir par les mains de petites Indiennes que par celles manucurées d'employées départementales. Malheureusement pour Trancart, les annales administratives de la préfecture de l'Oise attendaient encore que les ordinateurs du Maharashtra ingurgitent d'abord l'immense fichier des abonnés du téléphone du Bade-Wurtemberg avant d'être avalées à leur tour par les claviers et recrachées à Beauvais.

Le commandant ordonna donc au brigadier Wikipédia de se risquer dans les sous-sols poussiéreux de l'hôtel de police où heureusement, par mesure de sécurité, l'administration gardait un double de tous les dossiers en attente dans l'ouest de l'Inde.

Huit jours et huit nuits plus tard, le jeune gendarme trouva enfin, au fond d'un carton, la réponse à la question qui torturait Trancart.

En 1991, l'année des Négresses Vertes, celle où il rêvait encore de rejoindre le soleil de Bodega, Christophe s'était fait établir un passeport par la préfecture, et à la grande surprise du fonctionnaire le bout de ses doigts s'était révélé aussi lisse que la surface du lac de Côme, attestant d'une maladie assez rare pour être aussitôt déclarée et justifier qu'on lui accorde exceptionnellement un passeport sans signature digitale, document dont les pages restèrent aussi vierges que ses empreintes puisque cette année-là il entra finalement chez Univerre et n'en ressortit qu'une seule fois, pour goûter avec Aline au bonheur du sable des Baléares.

Le commandant tenait donc là son premier suspect. Problème, l'homme se trouvait déjà derrière des barreaux, ceux de l'usine de Clergeons, rejoint depuis la veille par la vingtaine d'agriculteurs qu'ISF avait mobilisés pour soutenir les grévistes.

La cour ressemblait au marché de Brive-la-Gaillarde, où, comme chacun sait depuis Brassens, « c'est un usage bien établi, dès qu'il s'agit de rosser les cognes tout le monde se réconcilie ». Il allait donc falloir que les gendarmes se montrent extrêmement subtils s'ils voulaient extraire Christophe des étals de fruits et de fromages improvisés le long des grilles, la seule vue d'un uniforme suffisant à faire s'abattre sur les képis une pluie de boulons, ou en l'occurrence d'œufs frais. Dans un esprit d'apaisement, d'ailleurs, le préfet avait fait retirer sa compagnie de CRS juste avant l'arrivée des tracteurs.

Désormais, les barbecues remplaçaient les pneus brûlés, on embrochait les cochons pour les rôtir après leur avoir tatoué sur la couenne le nom d'un membre de la direction ; les CDD coupaient les fruits en dés et les noyaient sous des litres de champagne de chez Simply en chantant *We Are the Champions*, les CDI rallumaient les fours dans lesquels en une demi-seconde ils grillaient les toasts pour le foie gras et les filles de l'accueil, debout sur le siège arrière de l'Audi décapotée d'Hobileau, autoradio à fond, jouaient les pom-pom girls en se trémoussant au son irréprochable des vingt-trois haut-parleurs du Sound System Bang & Olufsen. Le soleil de mai donnait à l'ensemble un air de kermesse d'école. « Prolétaires des villes et prolétaires des champs, unissez-vous ! » aurait pu être le slogan de cette belle journée de grève.

Tout le monde ou presque se connaissait. Avant d'être ouvriers ou paysans ils avaient caressé les mêmes espoirs sur les bancs des mêmes classes uniques et la plupart avaient échoué à quelques kilomètres à peine de leur chambre d'enfant, dans le cambouis ou le fumier. C'était comme si, brusquement, Chaplin rencontrait Millet.

– Nous aussi on est harcelés par les gendarmes. Ils viennent tout vérifier. On croule sous les normes, l'Europe nous pisse trois textes par jour, explique un jeune maraîcher à Christophe en coupant du pain.

– Tu sais combien doit au minimum peser un concombre cultivé en plein air ? demande un autre.

– Non.

– 180 grammes.

– Et un concombre sous abri ?

– Non plus.

– 250 grammes.

ISF, ravissante, lui sert un verre de sangria au champagne.

– Et j'oubliais... Parce qu'ils n'ont rien d'autre à foutre : la différence de poids entre la pièce la plus lourde et la pièce la plus légère contenues dans un même colis ne doit pas excéder 100 grammes lorsque la pièce la plus légère pèse entre 180 et 400 grammes et 150 grammes lorsque la pièce la plus légère pèse moins de 400 grammes.

Christophe fait mine de s'égorger avec le couteau à pain.

– C'est du harcèlement textuel! s'insurge la stagiaire en se resservant.

Les types des fours ne comprennent rien.

– Ça nous fait crever. Ils légifèrent sur tout: la force du vent lors de l'épandage, le nombre de fleurs dans une prairie, le diamètre des tomates.

– Et du cul de la crémière, plaisante Kilian.

ISF éclate de rire. Ça n'amuse pas le géant en salopette verte, d'astreinte devant la broche sur laquelle tourne un cochon tatoué au nom d'Hobileau.

– Tout le système est fait pour que les petits crèvent, râle-t-il, mais nous, on veut des fermes, pas des usines. On est paysans, pas ouvriers.

Une jeune éleveuse de laitières vient s'asseoir. Elle est jolie mais sent la vache. Le géant lui tend un morceau d'Hobileau pour qu'elle goûte.

– Laisse-le griller encore un peu, plaisante-t-elle.

Les CDI applaudissent.

– On en a marre de se faire traire, explique la laitière. On vit avec 360 euros par mois alors que les enseignes gavent leurs actionnaires de dividendes. Ils nous poussent à produire de la merde. Tu trouves ça normal, toi? Et pourtant tu as déjà vu un paysan en grève?

Christophe réfléchit. Jamais.

– L'État lutte contre les incendies mais laisse s'éteindre les paysans. Toutes les semaines, deux cent cinquante fermes disparaissent. C'est de la connerie. Qui va entretenir les champs et les fossés quand il ne restera plus que des exploitations à mille vaches ? Plus personne. Alors ils pourront toujours essayer de les arrêter, leurs putains de feux !

Christophe se souvient de l'odeur du bois mâché par les cisailles lorsque, assis sur les genoux de son père, il regardait le tracteur étêter les haies d'églantiers. « C'est comme un lit, lui disait-il en le laissant tenir le volant, il faut apprendre à le faire au carré. » Il peut encore humer la fumée de son tabac.

– Aujourd'hui il faut un dictionnaire pour comprendre ce qu'on mange. On trahit tout ce que nous ont appris les anciens, regrette le géant, dégoûté.

Puis il soulève sa broche d'une main.

– Hobileau est à point.

Yanis, le tatoué de la CGT, porte un toast :

– À nos camarades paysans !

La laitière s'affale sur Christophe.

– Je vote à droite, avoue-t-elle.

– On s'en fout, la gauche nous a mis dans la merde aussi.

Kilian monte sur les palettes.

– À Peter Pan et Pocahontas !

– À leur courage !

– À la solidarité !

Le géant tranche dans le lard.

Les filles referment la capote de l'Audi.

274

– Allez, à table !

Christophe regarde la lame découper le gras avec la même facilité qu'Hobileau a lacéré sa vie.

– Tu dois être fier, dit Kilian.

Il ne voit pas de quoi.

– Ta fille !

– Merde ! Le Super Banco !

Il ne s'en souvenait plus. Même ça il l'a foiré. C'est dans trois heures. Il n'ira pas. De toute façon elle ne veut plus le voir. Encore un coup de poignard.

« Oublie Hobileau et vas-y », le supplie Staline.

Il croit rêver.

– Quoi ! Toi tu me demandes de laisser tomber ! Ce type a pourri ma vie et tu voudrais que j'en reste là ?

« Tu ne voulais même pas de cette grève, lui fait remarquer le Petit Père des Peuples. Et puis c'est ta fille, merde ! »

Le géant s'acharne sur la bête et la découpe en quatre morceaux. Sur l'un d'eux, il ne reste plus que trois lettres du nom d'Hobileau : LEA. Christophe regarde le prénom de sa fille, suintant, boursouflé, défiguré, perdre toute sa grâce. Il ne le reconnaît pas, il ne la reconnaît plus.

– Tu l'as entendue ? Je lui fais honte ! Et puis tu m'as toujours dit qu'il fallait que les luttes passent avant tout le reste. Ce n'est pas toi qui t'es énervé à en crever pour un tract du Front, en te foutant pas mal de l'amour de ta femme, de ta fille et de ses enfants ?

Kilian s'inquiète :

– Mais qu'est-ce que tu racontes, bordel ?

Il ne l'écoute pas.

– Et tu voudrais qu'on le laisse nous foutre en l'air ?

Yanis veut porter un nouveau toast.

– Mais à qui tu parles, bordel ?

– À Staline, connard !

Christophe l'envoie valser brutalement.

– Ça devrait te dire quelque chose, non ?

Le syndicaliste se relève.

– T'es vraiment un grand malade. Je ne sais pas ce qui me retient !

Christophe empoigne une carafe de sangria.

– Tu n'as pas les couilles, c'est tout. Sinon Hobileau n'en serait pas là.

Les encartés et les gros bras du piquet de grève font cercle autour de lui. Yanis les calme :

– Laissez tomber, les gars.

Christophe avale une goulée.

– C'est ça ! C'est tout ce que vous savez faire !

Plus personne ne prononce un mot.

– Mais dites adieu à vos maisons, les gars, et vous aurez de la chance si vos couples survivent. Demain on sera tous morts de ne pas avoir osé.

Les CDD baissent les yeux.

– Vous tendez le cou pour éviter la lame, mais vous leur rendez les choses encore plus faciles.

Il part s'asseoir seul près de l'Audi.

Le jour tombe. Un à un les tracteurs se replient. La cour est sale comme une fin de marché. Au loin il entend la voiture de la mairie sillonner les rues de Clergeons : « Ce soir, ne ratez pas le passage du *Jeu des 1000 €* dans votre ville. Venez nombreux soutenir vos candidats ! Ils ont besoin de vous. »

Il vide la carafe et sourit en imaginant Léa devant le micro. Elle pourrait gagner dix fois plus, affalée dans son canapé, devant sa télé, en répondant par SMS à une question dont on vient juste de donner la réponse. Mais elle lui ressemble. Tout doit être mérité. Ce jeu, c'est comme l'usine : c'est dur et on ne gagne pas grand-chose, pourtant il y a toujours autant de candidats.

Un brouillard de printemps inonde la cour. Tous rentrent se réchauffer. Christophe reste seul. Au dernier étage du bâtiment de la direction, le bureau d'Hobileau est encore allumé.

Il se demande comment le père de Paul envisage maintenant l'histoire de son fils et de Léa.

– Toi, ta gueule ! ordonne-t-il à Staline avant même qu'il ouvre la bouche pour lui signifier que ce ne serait pas une bonne idée d'aller lui poser la question.

Hobileau est assis à son bureau. Au mur, dans un cadre de bois rouge, Hélène et Paul sourient en posant devant leur nouvelle maison. Sur le coin, à l'extrémité droite de l'image, Christophe peut apercevoir un bout de l'arbre à Tarzan encore tout échevelé et un peu du chemin du lavoir. C'est tout ce qu'il reste de son bonheur. Ses photos à lui ne valent plus rien. Les grimaces, les baisers, tout va s'effacer, disparaître, s'effondrer. On n'y pense jamais quand on fait sourire ceux que l'on protège devant l'objectif ; on devrait pourtant, c'est autant de déchirures à venir.

Hobileau ne l'a pas remarqué. Christophe l'observe. Il est comme ces immeubles épargnés par les séismes, droits, debout au milieu des ruines. Sa vie à lui n'a pas changé – ou plutôt si, en mieux.

Penché sur une liste, il pointe chaque nom de son stylo. On dirait un lion, sa proie entre les griffes. Elle bouge encore mais il ne craint rien. C'est une question de temps. Elle va mourir. Il l'a choisie parce qu'elle n'avait aucune chance : pas assez rapide, tétanisée par l'attaque. Il lui a suffi de paniquer le troupeau, de l'émietter, pour rendre chaque individu vulnérable. Les survivants, fragilisés, garderont toujours l'inquiétude d'une prochaine attaque dans les muscles.

Volontairement, Christophe bouscule une chaise. L'autre sursaute. La peur traverse un instant le regard du lion. Une fraction de seconde ils sont à égalité. Minuscule victoire. Hobileau resserre aussitôt la mâchoire.

– Qu'est-ce que vous venez foutre dans mon bureau ? aboie-t-il.

Christophe ne le sait même pas.

– Vous êtes assis à l'endroit où était ma cabane, répond-il bêtement.

Hobileau le regarde à peine.

– Je m'en branle.

Il a le dédain du prédateur.

– Vous m'emmerdez avec votre façon de traîner les pieds. Je vous ai donné une chance de vous en sortir, vous avez préféré planter les vôtres. C'est trop tard, je ne peux plus rien pour vous. Les listes sont faites et vous êtes dessus.

– Je ne suis pas venu pour ça.

– Ah bon ? Pourquoi alors ? Vous avez oublié votre doudou !

Christophe s'avance.

– Vous n'allez pas soutenir Paul ?

Hobileau sort une cigarette.

– J'irai pour son premier million – on ne se déplace pas pour 1 000 euros, dans la famille. C'est une idée de votre fille, ce jeu stupide.

– Et vis-à-vis d'elle vous comptez faire quoi ?

– Je ne vous suis pas.

– Maintenant qu'ils sont ensemble, on fait quoi ? s'agace Christophe.

– Détendez-vous. C'est l'été du bac, ils baisent, c'est tout. Ils révisent la vie, ça leur fait du bien. En tout cas j'ai d'autres projets pour Paul – si vous croyez que je vais le laisser s'enterrer ici… Je comprends que ça fasse rêver votre famille, mais vous prendrez un autre ascenseur social que le mien, mon vieux.

Il se lève et sort son briquet.

– Je vais vous dire comment on va procéder. On va les laisser se peloter pour ne pas les contrarier avant l'examen, puis Paul va partir à l'étranger, en revenir, étudier dans une grande école, se marier avec quelqu'un de son réseau, et il gardera un souvenir ému du cul de votre fille sans avoir à en supporter l'odeur tous les jours.

Il avale une bouffée.

Christophe l'imagine s'approvisionner en eau des glaciers à l'épicerie du Bon Marché et rentrer le soir dans un appartement aux grandes baies vitrées, quelque part dans une rue vide du VIIe arrondissement entre un ministère et une ambassade. Pas de glyphosates ni d'acides saturés.

– Vous êtes pathétiques, avec vos fumigènes et vos pneus brûlés, reprend Hobileau. C'est d'un autre âge. Vous ne voyez pas le monde changer.

Il s'assoit sur le bord du bureau.

– Vous connaissez Don Quichotte ? demande-t-il.

Cent fois déjà Christophe a vécu cette humiliation de ne pas savoir répondre.

– Vous êtes comme lui, aveugle à ce qui vous menace. Vous vous battez avec des arcs et des flèches contre un monde qui se dématérialise tous les jours. Bientôt vous serez tous remplacés par des imprimantes 3D et moi par un algorithme. Ouvrez les yeux, putain, arrêtez de vous plaindre et bougez-vous le cul !

Christophe sent les crocs s'enfoncer dans sa gorge. Il cherche une aide respiratoire.

– Tu l'entends, ce connard ? murmure-t-il.

Mais Staline a disparu. Il l'a planté là.

Hobileau hausse les sourcils.

– Vous parlez tout seul maintenant ?

Il arrive parfois aux lions, trop sûrs d'eux, de laisser une chance à leur proie. Alors la bête presque morte retrouve l'énergie d'un dernier coup de cornes. Devant les yeux de Christophe, les lettres boursouflées du prénom de Léa suintent et saignent encore, il entend s'éteindre lentement le rire de Mathis, les gémissements d'Aline se transformer en longs sanglots. Dans son cerveau, tout s'accumule comme dans un évier bouché. Staline, la mort de Rambo, les écrevisses dans la rivière, la vente des terres à l'usine, l'huissier, l'odeur des fours éteints, le jerrican, Buzz l'Éclair et Pocahontas, Mathis pendu à sa branche, les mains de Paul sur les seins de Léa, ses lèvres sur ceux d'Aline, et toute cette fatigue à ne plus pouvoir penser.

Il pousse un long soupir et brusquement, comme un barrage cède, son désespoir emporte tout ce qui le rendait encore raisonnable. Plus rien ne l'arrête, aucun garde-fou, plein jusqu'à la gueule d'une violence qui l'asphyxie il la vomit au seul visage identifiable de son malheur, celui d'Hobileau.

– Putain, mais vous êtes dingue !

La peau de sa gorge crépite. Christophe continuerait bien de le marquer du nom de tous les siens, mais il a appuyé trop fort et la cigarette s'est éteinte.

Il lui enlève sa cravate et lui attache les mains dans le dos.

– Où sont tes clefs ?

Le lion s'est fait surprendre. Christophe l'assoit dans l'Audi et lui garrotte le cou à l'appui-tête avec sa ceinture. Dans la lutte, sa crinière a perdu toute sa splendeur. La morgue a disparu de son regard. Il halète, hébété, comme une antilope cueillie en plein bond et plaquée à terre par des griffes redoutables. La peur mouille sa chemise. Christophe reste un instant à admirer les courbes du tableau de bord en noyer et à caresser le métal brossé. Peu de choses le séparent de ce luxe et de quelques autres : un travail, un contrat, un salaire décent, tout ce dont s'apprête à le priver Hobileau. Il rayerait bien son corps des mêmes griffures que celles de l'acier. Le cuir du volant doux comme du miel glisse entre ses doigts. Le moteur fait un bruit de velours.

En apercevant l'Audi, le vigile ouvre machinalement la grille, découvrant trop tard le DRH attaché au siège passager. Juste avant de passer le portail et de disparaître, Christophe le voit dans le rétroviseur qui s'affole au téléphone.

Hobileau a le cou gonflé par la brûlure.

– Arrêtez, tente-t-il. On peut discuter pendant qu'il est encore temps.

Il a repris le vouvoiement.

La voiture passe devant le banc vide des anciens.

– Encore temps de quoi ? lui répond calmement Christophe. D'ouvrir à l'huissier ? Tu as une idée de ce qu'était ma vie avant qu'on te demande de la foutre en l'air ?

Il se tait et profite de l'incroyable souplesse de la suspension. Il s'est souvent demandé comment on pouvait mettre autant d'argent dans une bagnole. Aujourd'hui il comprend. Pour le sentiment de puissance – c'est comme s'il chevauchait lui-même tous les chevaux de ses westerns d'enfant.

– Tu sais la différence entre toi et moi ?... Et je ne parle pas de mon Espace pourri, précise-t-il.

Hobileau se tait.

– Je t'ai posé une question, putain !

Il fait docilement non de la tête.

– Ce n'est pas compliqué, tu devrais comprendre avec tous tes diplômes. Toi, on peut te retirer tout ce que tu t'apprêtes à m'enlever, il te restera toujours quelque chose. Une autre baraque à la mer ou à la campagne, par exemple...

Hobileau a du mal à articuler tellement la ceinture lui serre le cou.

– À la mer.

– Une deuxième voiture aussi ?

– Une Infinity.

– Un PEA ou une assurance-vie ?

– Les deux, bredouille Hobileau.

– Un ou deux studios en Airbnb quelque part.

Il acquiesce.

– Eh bien c'est ça, la différence. Tu vois, nous, on est comme les écureuils roux. Tu connais les écureuils ?

Hobileau fait à nouveau non de la tête.

Christophe rétrograde en cinquième pour entamer le premier virage de la côte du bois des Soupirs. Il sent à peine le changement de rapport.

– Moi, j'ai passé des heures à les observer. L'épargne, les planques, les trésors cachés, ce sont des conneries, tout ça. En fait, c'est un animal extrêmement fragile.

Il lui desserre le cou d'une main.

– Ça pèse à peine trois cents grammes et ça n'a quasiment aucune réserve de graisse. Ils doivent constamment calculer combien ils perdent d'énergie à chercher de la nourriture et combien ils en gagnent à la trouver. Ils n'ont aucune marge d'erreur, tu comprends, tout ce qu'ils mangent ils le dépensent. C'est comme les ouvriers : tu les prives un jour et tu les mets en danger.

Hobileau essaye discrètement de se repérer.

– Et puis, ils ont un autre truc en commun avec nous.

Il reconnaît le stop de l'épicerie. Christophe l'emmène à Essaimcourt.

– Un jour un connard a eu l'idée de ramener des écureuils gris d'Asie parce qu'ils étaient plus dociles, plus faciles à apprivoiser. Des petits écureuils, durs au mal, résistants, se nourrissant de n'importe quoi, même de glands encore verts. Et ils ont tellement proliféré qu'aujourd'hui les roux ont du mal à se nourrir. Ceux d'Asie ne leur laissent rien à bouffer.

Christophe ralentit au stop, juste avant la route de la plaine.

– Mais je t'emmerde avec mes histoires, tu t'en branles des écureuils, toi ! Surtout des roux. Aucun intérêt. Des fainéants, des chochottes, des emmerdeurs, toujours à se plaindre de leur sort. C'est ça, tu préfères sans doute les gris.

Il engage l'Audi sur la route de la pépinière et s'arrête juste avant la jungle d'Aline.

– Descends, ordonne-t-il.

Le lion est terrorisé, il n'a pas l'habitude de recevoir des ordres.

Christophe l'entraîne dans un champ aux grosses mottes grasses, fraîchement retournées pour les semis de printemps. Leurs pieds s'enfoncent dans la terre. Hobileau y laisse une Weston.

– C'était à mon père ici. On y faisait du lin, pour des vestes comme les tiennes.

Son regard se perd un instant au loin.

– C'est beau, le lin. Ça fleurit en juin. Les fleurs s'ouvrent le matin et fanent vers midi. De minuscules fleurs bleutées.

Deux chevreuils sortent du bois. Des mâles.

– Avec ma mère on ne loupait jamais la floraison. Les jours de vent, toute la plaine ondulait de mauve. Elle préparait une galette au sucre, on s'asseyait devant la mer et elle me regardait plonger et remonter à la surface.

Il a quelque chose de désespéré dans la voix qui ne rassure pas Hobileau.

– Et puis un jour mon père a dû tout vendre.

Christophe ramasse une poignée de terre et la lui propose.

– Tiens, touche-la.

Hobileau n'ose pas.

– Quoi ? Elle n'est pas assez bien pour toi, c'est ça ? Comme ma fille. C'est l'odeur qui te dérange ?

Son regard se durcit.

– Pas du tout, bredouille Hobileau. Et pardon pour Léa, ajoute-t-il, ce n'est pas ce que je voulais dire.

– C'est drôle, parce que c'est pourtant ce que j'ai entendu.

Maintenant il lui fait peur.

– Un... deux... un... deux...

– Encore un peu, s'il vous plaît, mademoiselle, pour que la technique puisse affiner les réglages.

– Heu... Je m'appelle Léa Boîtier, j'ai 17 ans, je suis en terminale ES et j'habite Essaimcourt. Ça vous va ?

– Et qu'est-ce que vous aimeriez devenir dans la vie ? demande l'animateur.

La petite halle est tout encombrée de câbles.

Léa rougit.

– Voyager, servir aux autres.

– Merci, vous êtes charmante et c'est très louable.
À votre tour, jeune homme.

Paul se redresse. Il porte un costume de lin bleu, bien
coupé, sur une chemise blanche ouverte.

– Bonsoir, je m'appelle Paul Hobileau, j'ai 17 ans, je
suis en terminale ES à Janson-de-Sailly et je voudrais
entrer à HEC.

– Très bien. C'est bon pour toi ? demande le présentateur au technicien.

Paul et Léa attendent, impressionnés.

– Alors je vous explique : je commence par une rapide
présentation de Clergeons, puis je vous introduis tous
les deux et nous enchaînons sur les questions par ordre
de difficulté, six au total, trois bleues, deux blanches,
une rouge. Si vous répondez correctement à toutes, vous
avez le droit de tenter le…

Il se tourne vers le public.

– Banco ! Banco ! Banco ! hurle la centaine de curieux,
presque tous de Clergeons.

– C'est parfait ! reprend-il. Et si vous répondez correctement à la question du Banco vous êtes autorisés à
tenter le…

– Super ! Super ! Super !

– Formidable ! Je compte sur vous pour être aussi
bons à l'enregistrement.

Léa aimerait pouvoir prendre la main de Staline et la
serrer comme quand elle était enfant. C'est pour lui

qu'elle est là devant un micro. Paul saisit discrètement la sienne.

– Tu vas voir, lui dit-il, on va tout déchirer.

D'un geste de rage Christophe lui arrache sa veste et sa chemise. Hobileau, torse nu, essaye désespérément de se souvenir de ses cours sur la gestion des conflits. Il l'emportait toujours pendant les jeux de rôle, mais aucun des figurants n'avait cette folie au fond des yeux.

Christophe lui tourne autour et barbouille son corps de glaise. Chaque fois qu'il disparaît dans son dos, Hobileau s'attend au pire.

– Tu sais ce que disait Staline ?

Il ne comprend pas de quoi il parle.

– « Les usines n'engraissent que ceux qui les possèdent. »

Il le renifle et retrouve l'odeur de son père quand il lui enlevait ses bottes, en tirant de toute la force de ses bras d'enfant. Sa mère lui ordonnait aussitôt d'aller se laver les mains et de passer à table. « Pourquoi ? grognait son mari. Ce n'est pas du cambouis, il n'y a pas de honte à avoir, ça n'a rien de sale, tout ce qu'on mange pousse dedans. » Christophe s'asseyait alors devant son assiette, victorieux, les ongles noirs. Brusquement, il s'arrête.

– Et tu sais quoi ?...

Christophe plonge à nouveau les doigts dans la glaise et s'en barbouille le visage de traits guerriers. Hobileau reste planté, impuissant, les pieds dans la boue comme un corps-mort, au milieu de la mer de lin qui s'est retirée. Il a beau chercher dans ses heures de cours, il ne trouve rien pour endiguer cette désespérance-là.

– On n'a pas écouté Staline, continue Christophe, et comme des cons on vous a tout donné, nos fermes et nos bras, ajoute-t-il en lui enfonçant une poignée de terre au fond de la gorge.

Pour la troisième fois Aline compose le numéro. Personne. Elle regarde sa montre. L'enregistrement commence dans quinze minutes. Qu'est-ce qu'il peut bien foutre, bordel ! Elle est passée voir ses parents en coup de vent pour leur porter leur repas du soir et les a trouvés enfoncés dans leurs fauteuils électriques devant l'écran géant, fascinés par la reproduction des hippocampes. Sur la route qui la ramène à Clergeons, les affiches annonçant l'arrivée des équipes de France Inter ont recouvert celles du Front national. « Votez... *Le Jeu des 1000 €.* »

Elle sourit. Comme quoi la culture peut supplanter la connerie. Elle essaye une nouvelle fois le portable de Christophe. Toujours rien. Il a dû repasser par la maison. Elle le connaît, il est capable d'y rester planqué pour ne pas affronter Léa. Fais chier ! Tant pis. Elle a encore le temps d'aller le chercher. Elle fait demi-tour et coupe par le chemin des chasseurs en direction d'Essaimcourt. Le vieil Espace couine et ballotte jusqu'à la route de la plaine. Au loin elle aperçoit les reflets bleus de gyrophares. Un accident sans doute, « pourvu que ce ne soit pas encore un gamin », se dit-elle.

– Chers amis, bonjour ! Clergeons, entre briques rouges et colombages, est situé sur l'ancienne route de Dieppe, à la limite de la Seine-Maritime, au cœur de l'Oise normande. Le lieu fut pillé par Charles Martel et c'est François Ier qui autorisa la création de la halle sous laquelle nous nous trouvons.

Le public applaudit fièrement ce coup de projecteur sur sa ville, plus habituée à être à la une pour les fermetures d'usines.

– Nos deux candidats aujourd'hui sont deux futurs économistes, Léa et Paul, en terminale et donc bientôt bacheliers, en tout cas nous leur souhaitons.

Le public applaudit de nouveau.

– Léa, pouvez-vous, avant de commencer, nous dire ce que font vos parents dans cette région merveilleuse ?

– Ils sont contremaîtres en usine.

– Tous les deux à Clergeons ?

– Oui.

– Et vous, Paul ?

– Mon père est dirigeant d'entreprise.

– À Clergeons lui aussi ?

– Oui.

– Ils sont dans la salle ?

Léa cherche les siens des yeux.

– Non, pas encore.

– Très bien. Alors on va commencer sans eux, ça les fera sans doute venir. Bonne chance à tous les deux.

La voiture de la gendarmerie barre l'entrée de la route de la plaine. Aline regarde l'heure. Elle est à deux minutes à peine de chez elle. Il lui en faut deux autres pour passer prendre Christophe et dix pour revenir à Clergeons. Le jeu aura déjà commencé.

Le commandant Trancart la salue comme l'exige la procédure. Elle a du mal à cacher son impatience.

– Vous habitez Essaimcourt ? lui demande-t-il.

– Oui, pourquoi ? Il y a un problème ?

Personne ne lui répond.

– Question bleue de Mme Loquet, de Clamart : Beaucoup d'utopies ne tiennent pas leurs promesses, l'Histoire est pleine d'exemples, le communisme bien sûr mais aujourd'hui, certains l'affirme aussi, la mondialisation : comment appelle-t-on une utopie qui tourne au cauchemar ?

Le glockenspiel égrène les secondes. Léa fronce les sourcils. Paul cherche. Le public n'en a aucune idée.

L'animateur laisse le silence trouer un instant l'antenne puis précise en lisant sa fiche :

– Le mot désigne aussi un genre littéraire où est dépeinte une société organisée de telle manière qu'il est impossible pour certains d'accéder au bonheur.

Paul sourit.

– Plus précisément pour le *Larousse*, et c'est mon dernier indice : « Une société régie par un pouvoir totalitaire ou une idéologie néfaste. »

Paul lève la main.

– Oui, Paul ?

– La dystopie.

– La dystopie. Parfaitement, jeune homme. Bravo !

Le commandant Trancart jette un coup d'œil discret à l'arrière de l'Espace et fait signe au brigadier Wikipédia de reculer son véhicule pour laisser passer Aline.

– Vous pouvez y aller, ordonne-t-il sans plus d'explications.

Il a dû la reconnaître, se dit-elle, elle a soufflé dans l'alcootest il y a trois jours.

Elle s'efforce de maîtriser son envie d'accélérer jusqu'au premier virage et disparaît derrière les blés. Juste avant la pépinière elle les aperçoit. Ils sont plantés là, seuls au milieu de l'ancienne mer de lin. Deux chevreuils mâles, croisant leurs bois, tête baissée.

Elle refait le numéro de Christophe.

– Question blanche : Quel humoriste français a dit : « Le monde appartient à ceux qui ont des ouvriers qui se lèvent tôt » ?

Cette fois le public sait. Léa aussi. Elle trépigne.

– Léa ?

– Coluche.

– Coluche, bien sûr !

Léa profite des applaudissements pour voir si ses parents sont arrivés. Elle aimerait tellement croiser les yeux de son père et s'excuser. Mais les projecteurs l'aveuglent.

Une ambulance éblouit Aline d'appels de phares, l'avale jusqu'à toucher son pare-chocs et la dépasse par la droite, creusant profondément de ses roues le rivage de la mer de lin. Une gerbe de glaise aveugle son pare-brise. Elle pile, sa tête heurte le volant. Au loin les chevreuils se cabrent et abandonnent leur combat. « Mon Dieu, se dit-elle en entendant la sirène s'éloigner, il est arrivé quelque chose à Mathis. »

Elle accélère. À l'entrée d'Essaimcourt, elle croise le maire affolé. L'ambulance est garée devant la maison des parents de Paul.

– Question rouge : Quel tableau célèbre d'Edvard Munch exprime l'horreur et la sidération ?

Sur le trottoir, le visage défiguré de douleur, Hélène hurle, la bouche grande ouverte.

– *Le Cri*, dit Paul.

Aline saute de sa voiture et cherche Mathis des yeux.

– Bonne réponse !

Toute la halle réclame la suite :

– Banco ! Banco ! Banco !

Paul regarde Léa. Elle scrute désespérément la foule. Son père n'est toujours pas là.

293

Brusquement, Aline l'aperçoit. Mathis est assis devant leur portail, enveloppé dans une couverture de survie.

– Banco, répondent les deux candidats.

De la rivière, au pied de l'arbre à Tarzan, émerge l'arrière de l'Audi, les feux encore allumés. Des gendarmes bloquent l'accès à la berge.

– Question de M. Poiret, du Bois-Plage-en-Ré : Quelle chanson africaine a été popularisée en 1962 par Henri Salvador ?

Deux pompiers emballent le corps d'un homme au torse nu recouvert de boue dans un sac en plastique.

– *Le lion est mort ce soir*, répond Paul sans hésiter.

Aline force le barrage.

Le public réclame la fin :

– Super ! Super ! Super !

– Arrêtez-vous ! hurle un jeune brigadier.

– On continue ! répondent Paul et Léa.

– Pour 1 000 euros, question de Sophie Blunat, de Grenoble : En économie, par quel paradoxe explique-t-on le déclassement social des jeunes diplômés ?

Léa sourit. Ça va être une belle année. La plus belle de sa vie, peut-être. De là-haut, Staline doit veiller sur elle. Elle aurait tant voulu que sa mère voie sa robe bleue.

Au premier rang, Marion, la grande fille du garagiste, sourit, elle aussi. Elle lui fait un signe discret de la main.

Aline approche de la berge, espère un instant.

– Le paradoxe d'Anderson, répond Léa.

Puis elle s'effondre. De la branche du bonheur, accroché au bout de la corde de l'arbre à Tarzan, pend le grand corps de Christophe. Elle l'envie. Il a l'air si reposé.

RÉALISATION : IGS-CP À L'ISLE-D'ESPAGNAC
IMPRESSION : CPI FRANCE
DÉPÔT LÉGAL : AOÛT 2018. N° 140243 (146915)
IMPRIMÉ EN FRANCE